KB078645

신일룡 新무협 판타지 소설
FANTASTIC ORIENTAL HEROES

풍신유사 5

신일룡 新무협 판타지 소설

초판 1쇄 찍은 날 § 2010년 10월 13일
초판 1쇄 펴낸 날 § 2010년 10월 20일

지은이 § 신일룡
펴낸이 § 서경석

편집팀장 § 서지현
편집 § 주소영 · 어정원

펴낸곳 § 도서출판 청어람
등록번호 § 제1081-1-89호
등록일자 § 1999. 5. 31
어람번호 § 제2-1987호

주소 § 경기도 부천시 원미구 심곡2동 163-2 서경B/D 3F (우) 420-822
전화 § 032-656-4452팩스 § 032-656-4453
http://www.chungeoram.com
E-mail § chungeoram@chungeoram.com

ISBN 978-89-251-2315-8 04810
ISBN 978-89-251-1622-8 (세트)

光

FANTASTIC ORIENTAL HEROES

신일룡 新무협 판타지 소설

5

배천(北天) ― 완결

바람에 미쳐
바람이 된 자.

풍신유사

도서출판
청람

目次

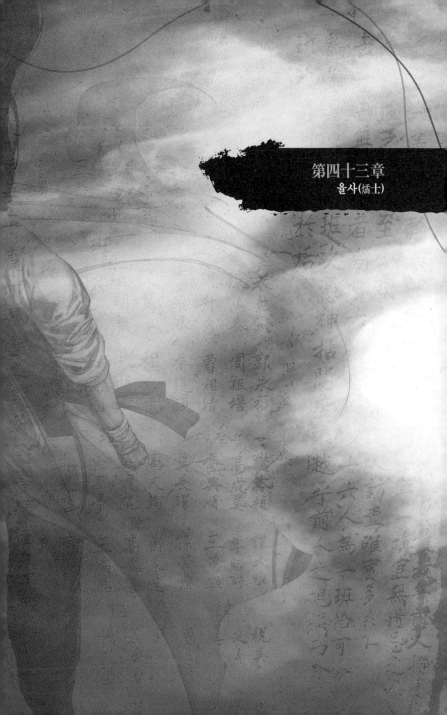

第四十三章
율사(矯士)

風神遺事

당가령은 당씨세가의 남쪽에 자리 잡고 있다.

이곳에 오르면 당씨세가의 규모가 얼마나 대단한지 한눈에 파악할 수가 있다.

서목(徐沐)은 마을 한가운데 위치한 커다란 장원을 굽어보고 있었다. 짙은 몽면(蒙面)에 덮인 그의 두 눈이 살짝 가늘어졌다.

"태광원의 원사 몇이 당했다고 했지?"

"모두 열둘이오."

그의 곁에 서 있던 삼휘가 대답했다.

삼휘는 약간 긴장한 듯 보였다.

눈앞에 있는 자는 그를 긴장하게 만드는 몇 안 되는 이들 중 하나였다.

"열둘이라… 많이도 죽었군."

"……"

"직접 부딪쳐 보았나?"

"그렇소."

"어땠지? 우리의 술법이 전혀 통하지 않던가?"

삼휘는 짧게 침묵한 뒤 대답했다.

"그런 것은 아니오. 술법은 분명 통했소. 우리에게 당한 광독인들을 봐도 그것은 명백하오. 다만 문제는 놈들과 싸울 때 우리의 술법이 온전히 위력을 발휘할 수 없다는 점에 있소."

"독 때문인가?"

"그렇소. 놈들이 뿜어대는 독은 맹독 중의 맹독이라 호흡과는 상관없이 피부에 조금만 닿기만 해도 중독이 되어버리오."

"그러니까, 태광원의 원사들로서는 놈들이 내뿜는 독기를 차단할 뾰족한 방도가 없었다… 이 말인가?"

"단지 그뿐이었다면 열둘이나 희생을 치르지는 않았을 것이오."

"그 말은 그것 말고도 뭔가 다른 것이 있다는 뜻이군?"

"두 가지가 더 있소."

"말해보게."

"우선 놈들은 생각 외로 움직임이 매우 민첩하오. 중독된 상태로는 따르기 버거울 정도요."

"그렇군. 다음은?"

"놈들은 전혀 고통을 느끼지 못하오."

"……?"

서목의 표정에 처음으로 작은 변화가 생겼다.

"정말인가?"

"술법에 격중당했을 때 놈들의 반응을 보면 틀림없소. 놈들은 공격을 당해도 잠시 주춤거릴 뿐, 곧 다시 공격을 감행하오. 아니, 처음부터 놈들에겐 방어란 없다고 하는 것이 맞을 거요. 게다가 몸을 회복하는 능력 또한 매우 뛰어나오."

"으음, 자네 말대로라면 놈들은 거의 완벽에 가까운 존재가 아닌가? 확실히 태광원의 원사들로서는 버거운 상대였겠어."

서목은 허공으로 눈길을 돌렸다.

그는 광령문주 진신극이 장청원 다음으로 총애하는 자다.

문주의 호신위인 율사를 이끄는 자.

그는 항상 그림자처럼 진신극을 따랐다. 하여 이번 일을 명받았을 때 내심 의문을 품었다.

'과연 자신이 진신극의 곁을 떠나면서까지 나서야 할 사안이란 말인가? 대체 광독인이란 것이 무엇이기에……?'

때문에 광령문 정예 중의 정예라 할 수 있는 태광원의 원사들이 광독인을 두고 쩔쩔맸다는 사실을 그는 한심하게 여겼었다.

그런데 막상 삼휘의 설명을 듣고 보니 사안이 자신의 생각만큼 간단하지 않음을 알게 되었다.

삼휘의 말을 전적으로 믿는다는 것은 아니다.

여전히 자신의 눈앞에 있는 삼휘를 한심하게 여긴다. 그러나 그렇다고 그가 없는 말을 지어냈다고는 생각지 않았다.

"종성."

서목은 자신의 뒤에 서 있는 두 명의 인물 중 일인을 향해 입을 열었다.

"이제 움직이려는가?"

종성이라 불린 자가 무뚝뚝한 음성으로 대꾸했다.

그를 포함한 이 인의 눈이 일제히 서목을 향했다. 그들 모두 서목과 동일하게 몽면으로 얼굴을 덮고 있었다.

서목은 그들의 눈빛이 뜻하는 바를 알고는 슬쩍 고개를 저었다.

"그것보다 먼저 알아보라 한 것을 말해보게."

"수문과 지문의 동향 말인가?"

"그래."

"그거라면 군명에게 맡겼네."

"분명 자네에게 알아보라 했을 텐데?"

"나는 그때 문주님께 올릴 보고서를 작성하고 있던 중이었네. 마침 군명이 따분해하는 것 같아 맡긴 것이네."

"……."

천연덕스럽게 대꾸하는 종성을 보며 서목은 내심 고개를 저었다.

어쨌든 종성에게 더 이상 용건이 없어진 서목은 그 옆에 서 있는 자, 군명에게 눈길을 돌렸다.

그러자 군명은 기다렸다는 듯이 옅은 미소와 함께 입을 열었다.

"어제 도착하자마자 하루 종일 살폈으나 별다른 움직임은 없었네. 아마도 우리가 온 것을 알고 있기 때문이 아닐까 싶은데……."

"음."

서목은 작게 고개를 끄덕였다. 물론 저들은 자신들이 온 것을 알고 있을 것이다. 하지만 그가 궁금한 것은 그것이 아니었다.

"그들은 이곳에 온 것 같나?"

군명은 고개를 저었다.

"아니, 석로들은 오지 않았네."

"확실한가?"

"꼼꼼하게 살폈네."

"확실하냐고 물었네."

"지금 날 무시하나?"

"난 분명 종성에게 맡겼거든."

"허! 그럼 내가 종성보다 못 미덥다는 뜻인가?"

"둘 다 못 미더워. 그나마 자네보다 종성이 조금 더 꼼꼼하다는 것뿐이지."

"허! 너무하는군! 어찌 나를 이 친구와 비교하는가?"

군명은 기분이 상한 듯 팔짱을 끼며 짐짓 크게 한숨을 내쉬어 보였다.

이를 본 종성이 서목을 거들고 나섰다.

"왜 그러나? 목의 말이 틀린 것도 없는데."

이에 군명은 콧방귀를 뀌었다.

"흥! 지금 그것도 칭찬이라고 우쭐거리는 것인가?"

"정말 확실한가?"

"뭐가?"

"석로들이 오지 않았다는 것 말일세."

"그렇게 못 믿겠으면 나보다 조금 더 꼼꼼한 자네가 한 번 다시 살펴보면 될 것 아닌가?"

"음, 나도 그러고는 싶지만 이제 그건 곤란할 듯싶네."

"뭐가 곤란하단 말인가?"

"어제 자네가 다녀갔으니 설령 수문과 지문의 석로들이 왔다손 치더라도 오늘은 더욱 은밀히 몸을 감추고 있을 테니 말일세."

"그게 무슨 뜻인가? 그럼 어제 내가 동태를 살폈던 것을 그들이 알아차리기라도 했다는 말인가?"

"자네 입으로 말하지 않았나? 나보다 조금 덜 꼼꼼하다
고."

"정말 이러긴가?"

"그만. 적당히들 좀 하라고."

결국 발끈하는 군명을 지켜보던 서목이 말리며 나섰다.

두 사람을 바라보는 그의 두 눈엔 한심함이 가득했다.

그러나 함께 지켜보고 있던 삼휘에겐 그렇지 않았다.

그에겐 이들 삼 인의 모습이 매우 낯설었다.

이들처럼 가볍게 농담을 주고받는 모습은 광령문에선 좀
처럼 찾아보기 어려웠다. 아니, 분위기상 용납되지 않았다고
할 수 있으리라.

하지만 근래 들어 그 분위기가 눈에 띄게 바뀌고 있었다.

실제 지금까지 술법을 익힌 모든 문도는 말수가 적어지고
감정을 드러내지 않는 성향을 보였다. 하여 모두는 이것을 빛
의 기운이 가진 속성 때문이라고 여겼다.

그런데 그러한 성향이 바뀌고 있었다. 그것은 최근에 술법
을 익힌 젊은 문도들 사이에서 더욱 두드러졌다.

술법은 최근에 급속도로 발전했다. 가히 완벽이라 말할 수
있을 정도로 그 위력이 커졌다.

그와 동시에 달라진 문도들의 모습.

그것은 광기가 가진 진정한 속성이 지금까지 알고 있던 것

과는 다르다는 것을 의미했다.

'강할수록 부드러워진다'는 단순한 진리를 삼휘는 새삼 머릿속에 떠올렸다.

그에게 눈앞의 세 사람은 결코 가벼워 보이지 않았다.

문주의 호신위인 율사가 고작 세 사람에 불과하다고 하면 누군가 실소를 터뜨릴지도 모를 일이다.

하나 삼휘는 그럴 수 없었다. 그는 율사의 진정한 힘이 어떠한지 매우 잘 알고 있었기 때문이다.

"뭐, 일단 믿기로 하고 슬슬 움직여 보기로 하지."

서목이 말했다.

그러자 군명이 속이 쓰린 듯 툴툴거렸다.

"믿으면 그냥 믿는 거지, 거기에 일단은 왜 집어넣는 건가?"

이에 종성이 싱긋 웃으며 대꾸했다.

"일단이든 뭐든, 믿는다고 했으면 된 것 아닌가? 너무 예민하게 받아들이지 말게."

"흥! 날 이렇게 만든 게 누군데?"

"나란 말인가?"

"물론!"

"허! 이거 섭섭하군. 분명 자네 말을 믿지 못한 것은 목이였지, 내가 아니라고."

"흠, 때리는 시모보다 말리는 시누이가 더 미운 법이라네."

"갑자기 그게 무슨 뚱딴지같은 소린가? 게다가 나는 말린 적이 없네. 부추겼지."

"시답잖은 말장난은 사절이네."

군명은 더 이상 상대하기 싫다는 듯 고개를 돌려 버렸다.

그 모습을 보며 종성은 약간 아쉬운 듯 입맛을 다셨다.

"다 끝났으면 이제 그만 움직여 주면 고맙겠군."

서목이 입을 열자 종성이 먼저 대꾸했다.

"뭘 하면 되나?"

질문을 받은 서목은 대답 대신 삼휘를 향해 물었다.

"놈들이 먼저 밖으로 나오는 일은 없나?"

"없습니다."

"음… 별수없군."

"……?"

"우리가 들어갈 수밖에."

"간단하군. 그럼 난 정문을 맡지."

종성은 서목의 말이 떨어지자마자 고개를 끄덕이며 입을 열었다.

그런데 그때 삼휘가 나섰다.

"그건 너무 위험한 방법이오."

뜻밖이었는지 서목을 비롯한 삼 인의 시선이 모두 그에게로 쏠렸다.

서목이 물었다.

"그럼 다른 방법이라도 있나?"

"……."

선뜻 대답하지 못하는 삼휘를 보며 서목이 다시 입을 열었다.

"이곳으로 오기 전 우리가 문주님께 받은 기한은 열흘이네. 벌써 그중 나흘이 지났고, 다시 문주님께 돌아가는데 걸리는 날수를 제외하면 남은 시간은 이틀이 채 되지 않지. 이런 상황에서 다른 방도는 없다고 보는데… 어찌 생각하나?"

"으음……."

삼휘는 깊게 침음했다.

다급한 마음에 나서기는 했지만 달리 뾰족한 수는 없었다.

하지만 그가 나선 것은 그만큼 광독인이 무시할 수 없는 존재였기 때문이다.

제아무리 문주의 호신위인 율사라곤 하지만 고작 셋…….

'가능할까?'

그의 염려를 알기라도 하듯 서목이 말을 이었다.

"너무 염려하진 말게. 문주님께서 말씀하신 기한을 넘기는 일은 없을 테니까."

그것을 끝으로 서목은 삼휘에게서 시선을 떼고 종성과 군명을 향해 지시를 내렸다.

"정문은 나와 종성이 맡을 테니 군명 자네는 뒤에서 시선을 분산시켜 주게."

"그거야 어렵진 않지만, 저들이 가만히 있을까?"

"수문과 지문이라면 신경 쓸 것 없네. 우리가 움직여도 '일단'은 지켜보기만 할 테니까."

"저들이 움직일 생각을 하기 전에 끝내자는 뜻인가?"

"알았으면 바로 시작하는 게 어떨까?"

"이를 말인가!"

군명은 대답과 함께 즉각 신형을 날렸다.

그의 몸이 당가의 서편 구릉으로 점이 되어 사라져 가는 것을 보며 서목이 말했다.

"반 시진이네."

"가능하겠나?"

"그렇게 만들어야지."

"훗, 그렇지. 아니면 골치가 좀 아파질 테니까."

그때였다,

쩌엉!

당가의 후문 쪽에서 돌연 백광이 번쩍였다.

그것을 본 두 사람은 동시에 눈살을 찌푸렸다.

"벌써 시작했나 보군."

"하여간 멋대로라니까."

"가지."

두 사람의 신형은 이미 빛줄기로 화하여 당가의 정문을 향해 쏟아져 나가고 있었다.

　　　　　*　　　　　*　　　　　*

　어두운 방 안.

　한낮이었지만 방 안의 문은 모두 굳게 닫혀 있었다.

　어둠 속에서 당하연은 침상에 걸터앉아 있었다.

　그녀의 모습은 몹시도 초췌했다.

　깊게 들어간 눈과 비쩍 마른 얼굴이 보인다.

　맥없이 앉아 있는 그녀의 시선엔 초점이 없었다.

　한참을 그대로 미동조차 없던 그녀가 문득 입술을 달싹거렸다.

　"오라버니……."

　그녀는 관우를 떠올리고 있었다.

　몇 달이 흘렀지만 관우는 돌아오지 않았다.

　근래 들어 관우에 대한 생각이 더욱 절실해졌다.

　이젠 그녀의 힘으로는 되지 않는다. 이미 그녀가 감당할 수 있는 한계를 넘어버렸다.

　벌써 사흘째 방 밖으로 나가지 못했다.

　무서웠다.

　밖으로 나가기만 하면 그들이 보였다.

　광독인…….

　세가 안은 이미 오십이 넘는 광독인이 활보하고 있었다.

그리고 그 외 멀쩡한 가솔들의 수는 날이 갈수록 줄어들고 있었다.

광독인이 되어버린 그녀의 아버지 당정효는 폭주를 멈추지 않았다.

그는 한 달 전부터 가솔들을 억지로 사로잡아 구극독령술을 시술하기 시작했다.

그녀는 가주 당인효와 함께 온몸으로 당정효를 제지했다.

하지만 멈추게 할 수 없었다. 그나마 미미하게 살아 있던 당정효의 이성은 시간이 가면서 딸인 당하연조차 못 알아볼 정도로 상실되어 갔던 것이다.

그러던 중 열흘 전 끔찍한 일이 벌어졌다.

점점 광포해지던 당정효가 끝내 아우인 당인효를 죽이기에 이른 것이다.

아버지의 손에 숙부의 숨통이 끊어지는 처참한 광경을 눈앞에서 본 그녀는 충격과 공포에 사로잡혀 방 안에서 한 발자국도 움직일 수가 없게 되었다.

그렇게 물 한 모금 마시지 못한 것이 사흘.

그녀는 조금씩 기력을 잃어갔다. 이제는 앉아 있는 것도 힘에 부쳤다.

그러나 누울 수는 없었다. 누우면 잠이 들기 때문이다.

잘 수 없었다. 잠이 드는 순간 모든 것이 끝나 버릴 것이다.

광독인들은 멀쩡한 가솔들에게 위협적이었다. 개중에는

손을 써서 가솔들을 해하는 자들도 있었다.

그런 자들이 그녀의 거처를 맴돌았다. 한 달 동안 싸움이 없자 공격적인 광독인들은 점점 더 난폭성을 드러내고 있었다.

"오라버니……."

당하연은 다시 한 번 관우를 불러보았다.

이 순간 관우만 곁에 있다면…….

하지만 관우는 곁에 없었다. 아무리 불러보아도 마찬가지다.

퀭한 두 눈에 물기가 고였다.

'만일 그때 떠나기 전 모든 것을 오라버니에게 말했었다면 어땠을까? 상황은 지금과 많이 다르지 않을까? 오라버니라면 이 모든 것을 바로잡아 주지 않았을까?'

뒤늦은 후회가 밀려왔다.

그러나 그녀는 곧 고개를 저었다.

관우에게 말했었다 한들 결국 상황은 크게 달라지지 않았을 터였다.

달라져 봐야 당가가 무너지는 방법과 시기가 조금 달라지는 정도일 뿐…….

이제 와서 이런 생각이 부질없다는 것을 알면서도 그녀는 관우가 한없이 그리웠다.

그랬다. 관우에 대한 생각이 절실한 것은 다른 이유 때문이 아니라, 그저 보고 싶어서였다.

지금 이 순간 관우만 곁에 있다면 이처럼 불안하고 절망적이지는 않으리라.

스윽.

그녀는 힘없이 몸을 뉘였다.

고인 눈물이 뺨을 타고 흘러내려 침상을 적셨다.

함께 마음의 아픔을 이겨내며 살자고 했던 약속이 떠오른다.

그때가 바로 엊그제 같은데…….

시간이 제법 흘렀다.

그 약속을 지키지 못할 것 같은 불길한 예감이 머리와 가슴을 계속해서 조여오고 있었다.

조치성이 자신을 만난 후 관우를 찾아 떠난 지도 벌써 한 달이 넘었다.

운이 좋았다면 관우를 만났을 것이고, 조치성을 통해 관우는 자신의 소식을 모두 들었을 것이다.

'오라버니는 지금 이리로 달려오고 있을까?'

당하연은 아직 기대를 접지 않았다. 자신의 소식을 들었다면 그 즉시 당가로 달려오고도 남을 관우이기 때문이다.

그리고 정말 그렇다면 자신은 관우가 올 때까지만 견디면 된다. 또한 당가도 그때까지만 버티면 된다.

그러면 관우가 모두 해결해 줄 것이다!

관우라면 이 절망적인 상황을 희망으로 바꾸어줄 것이다!

당하연은 손끝에 걸린 이불을 꼭 말아쥐었다.

한데 그때였다.

"우으으으!"

돌연 괴이한 함성이 바깥 여기저기서 들려왔다. 주변에 있던 광독인들이 괴성을 내지르며 분주히 움직이기 시작했다.

순간 전신에 소름이 돋은 그녀는 누운 채로 상황을 가늠했다.

'다시 싸움이 시작됐어!'

한 달 만이다.

요란한 소리가 가까이에서 들려오는 것을 보면 전과는 달리 싸움이 가내에서 벌어지는 듯하였다.

잠시 소란을 잠자코 듣고 있던 당하연은 조심스럽게 몸을 일으켰다. 그녀의 눈이 어둠 속에서 옅은 빛을 발했다.

그녀는 이것을 마지막 기회로 생각했다.

광독인들의 신경이 다른 곳에 쏠려 있는 이때가 아버지를 만날 적기라 판단했다.

큰 기대는 할 수 없지만, 그래도 그녀는 아버지를 만나야 했다.

이대로 포기하기는 싫었다. 이제는 자신을 거의 알아보지 못한다 하더라도 그는 자신의 아버지였다.

실로 오랜만에 두 발로 일어선 그녀는 천천히 걸음을 떼어

방 밖으로 나섰다.

예상대로 그녀의 거처 주변에 있던 광독인들의 모습은 보이지 않았다.

나머지 광독인들도 소란이 일어난 쪽으로 달려가고 있었다.

당하연은 그들이 지나가길 기다린 뒤 내원 쪽으로 내달렸다.

하지만 곧 그녀는 황급히 신형을 멈췄다.

번쩍!

눈부신 빛이 허공을 가득 메웠다.

눈앞이 하얘지고 귀까지 먹먹해졌다.

주륵!

안면과 목줄기로 뜨거운 무언가가 흘러내렸다.

불안감에 본능적으로 손을 가져간 그녀는 이내 코끝으로 전해지는 비릿한 내음에 정신을 차렸다.

'피?!'

피는 멈추지 않았다. 눈과 귀뿐만 아니라 코와 입에서도 흘러내리기 시작했다.

당하연은 엄습하는 공포에 온몸을 부들부들 떨었다.

피를 흘려서가 아니다. 아무것도 보이지 않고 들리지 않는 것이 더욱 공포스러웠다.

쿠르릉!

땅의 진동이 느껴졌다.

전과는 다른 싸움이다. 더욱 강한 자들이 온 것이 틀림없었다.

꽝!

"흐윽!"

충격을 못 이긴 당하연의 신형이 그대로 맥없이 나가떨어졌다.

전신이 피범벅이 된 채 그녀는 간신히 몸을 일으켰다.

그러자 허공을 가득 메웠던 빛이 사라지며 서서히 그녀의 눈앞에 드러나는 광경들.

'이, 이건……!'

건물들이 보이지 않았다.

분명 조금 전까지 서 있던 전각들과 담장들이 흔적도 없이 사라져 버렸다.

세가의 한쪽이 완전히 무너져 내렸다. 거대한 구덩이가 본래 있던 것들을 대신하고 있을 뿐이었다.

'대체 어떻게 이런 일이……?'

보고 있어도 믿을 수 없었다. 어찌 순식간에 이런 일이 일어날 수 있단 말인가!

"으으으……!"

넋이 빠져 있던 그녀는 광독인들의 괴음 소리에 정신을 차렸다.

폐허 속에 쓰러져 있던 광독인들이 하나둘 몸을 일으키고 있었다.

팔이 잘려 나간 자, 다리가 부러진 자, 머리가 함몰되고 몸통이 부서진 자…….

성한 자는 단 하나도 없었지만 그들은 몸을 일으키자마자 동일한 곳을 향해 움직이기 시작했다.

그들이 향하는 곳.

거기엔 생경한 행색의 세 사람이 허공을 딛고 서 있었다.

저들이리라, 방금 전의 엄청난 폭발을 일으킨 장본인은.

당하연은 유심히 그들을 살폈다. 그때 그들 중 일인에게서 음성이 흘러나왔다.

"들은 대로군. 진광파(眞光波)를 맞고도 몸을 일으키는 놈들이 있다니."

그의 음성엔 약간의 놀라움이 섞여 있었다.

"군명, 너무 성급했어. 이러면 애초 계획대로 진행할 수가 없잖나?"

종성이 못 마땅한 듯 군명을 타박했다.

하지만 군명은 무슨 말인지 모르겠다는 듯 말했다.

"내가 무얼 잘못한 건가? 나는 분명 계획대로 뒤에서 놈들의 시선을 분산시키려고 한 것뿐인데?"

"이게 시선을 분산시키는 건가? 완전히 자네에게 시선을 집중시킨 것이지."

"그랬나? 음… 어쩌다 보니 진광파를 조금 과하게 썼나 보군. 뭐, 어쨌든 미안하게 됐네. 사과의 의미로 내가 책임을 지도록 하지."

"책임?"

종성은 한쪽 눈썹을 치켜올리며 군명을 쳐다봤다.

"광독인들은 모두 나 혼자 맡을 테니 자네들은 지켜보기만 하게."

"허!"

어이가 없는 듯 입을 벌린 종성은 곁에 선 서목을 바라봤다.

"저대로 그냥 둘 텐가?"

"글쎄. 마음 같아선 그렇게 하고 싶지만…….."

서목은 말끝을 흐렸다. 그의 시선은 줄곧 전방을 향해 있었다.

종성은 서목의 표정에서 무언가를 읽고 서둘러 시선을 전방으로 옮겼다.

"으음……!"

그의 입에서 낮은 침음이 흘러나왔다.

놀라운 장면이 눈앞에서 벌어지고 있었다.

팔다리가 절단된 광독인들이 점차 온전한 모습을 갖추고 있었다.

심지어 함몰된 두개골까지 본래의 상태로 돌아온 광독인

이 보일 정도였다.

종성은 굳은 얼굴로 말했다.

"회복력이 놀랍다더니, 사실이었군."

"저건 단순한 회복력이 아니야. 재생 능력이라고 봐야지."

"음, 재생 능력이라… 생각보다 일이 간단치는 않겠군."

"아마도."

"그래도 달라지는 것은 없겠지?"

"물론. 단, 군명이 그랬듯 힘을 좀 과하게 써야 한다는 것 빼고는."

"훗, 결국 군명 덕분에 놈들의 힘을 파악하느라 쓸데없는 시간 낭비를 할 필요가 없어진 것인가?"

종성의 말에 둘 사이의 대화를 듣고 있던 군명이 헛기침을 하며 끼어들었다.

"험! 이제야 내 깊은 뜻을 헤아린 건가?"

"아아, 그랬었군? 즉각 헤아리지 못해 미안하네."

"뭐, 군이 사과할 것까지야……."

"그럼 이제 그 깊은 뜻대로 저 괴상한 놈들을 확실히 처리해 주게."

"아, 그래야지. 그런데 나 혼자… 말인가?"

"조금 전에 그러겠다고 하지 않았나?"

"그야 그랬지만……."

"왜? 겁나나?"

군명은 한차례 움찔하곤 곧 종성을 향해 어색한 미소를 지어 보였다.

"자네도 보고 있지 않나? 저 사람 같지 않은 녀석들을 보고 어찌 겁을 먹지 않을 수 있겠나?"

그의 말을 들은 종성은 혀를 찼다.

"쯧! 그렇게 바로 실토를 하나? 자넨 정말 자존심도 없군."

"하! 우리 사이에 그런 것 따위가 무슨 소용이란 말인가? 서로 아껴주며 문주님을 위해 신명을 바치는 것이 우리의 소명이 아니겠는가?"

"자넨 이럴 때만 말이 청산유수인가?"

"다 자네한테 배운 것이지."

히죽거리는 군명을 보며 종성은 다시금 고개를 저을 수밖에 없었다.

그는 더 이상 군명과 말을 섞지 않았다.

말장난은 끝났다.

두 사람이 티격태격하는 사이 몸을 회복한 광독인들이 그들의 지척으로 몰려들었다.

서목이 입을 열었다.

"명심들 해. 정확히 반 시진, 그 이상 걸려선 안 되네."

"저 추악한 몰골들을 오래 보고픈 마음은 전혀 없네. 힘은 좀 들겠지만 무리를 좀 해봐야지."

종성이 치를 떨며 대꾸하자 군명이 무엇을 보았는지 고개를 갸웃거렸다.

"한데 저기 저 여인은 누구지? 보아하니 광독인은 아닌 듯하군."

그가 가리키는 곳엔 당하연이 서 있었다.

그녀는 그들의 대화가 끝나기까지 그 자리에 서서 움직이지 못했다. 그녀에게 있어 그들의 대화 내용은 충격이었다.

'반 시진 안에 끝낸다고?'

서로 간에 눈치를 본 탓도 있겠지만, 지금껏 광령문 등 세 문파의 공세를 굳건히 막아온 당가였다. 그것도 적잖은 피해를 주면서까지 말이다.

그런 당가를 단 세 명이서 반 시진 만에 무너뜨린다고 하니, 당하연으로선 눈앞에서 듣고도 믿기 힘들 일이 아닐 수 없었다.

하지만 꼭 그렇게 여기기도 어려웠다. 방금 저들 중 하나가 보여준 가공할 힘 때문이다.

하여 그녀는 찾아든 심중의 불안감을 떨칠 수 없었다.

자신들에게 발각된 것도 모른 채 상념에 잠겨 있는 그녀를 보며 종성이 입을 열었다.

"겁에 질려 있군. 당가의 가솔인가?"

"뭐든 상관없네. 이 안에 있는 것이라면 그것이 건물이든, 사람이든 모조리 제거해."

서목의 말에 종성과 군명 두 사람은 한차례 고개를 끄덕이며 동의를 표했다.

"시작하지."

다시 서목이 입을 뗀 직후였다.

화악!

지척에 이른 광독인 하나가 허공에 떠 있는 그들을 향해 달려들었다.

서목은 손을 들어 광독인의 머리를 겨냥했다.

픽!

그의 검지에서 빛줄기가 뻗어나가 그대로 광독인의 미간을 꿰뚫어 버렸다.

빛줄기에 담겨진 어마어마한 힘에 미간이 뚫린 광독인의 신형이 거칠게 바닥에 처박혔다.

그러나 이미 이성이 마비된 광독인들은 이를 보고도 조금의 망설임 없이 몸을 날렸다.

픽! 퍼벅!

서목뿐만 아니라 종성과 군명도 움직이자 사방으로 빛줄기가 난무하기 시작했다.

크릉! 끄워워!

광독인들이 짐승처럼 울부짖었다.

팔다리가 떨어져 나가고, 몸 구석구석 구멍이 뚫려도 그들은 돌진을 멈추지 않았다.

"정말 질리는군!"

방금 쓰러뜨린 광독인의 다리가 재생되는 것을 본 종성이 미간을 좁히며 말했다.

"이대로라면 끝이 없겠는걸?"

군명도 바쁘게 손을 놀리며 동감을 표했다.

이에 서목이 얼굴을 굳히며 말했다.

"아무리 독에 찌든 놈들이라 한들 목숨이 붙어 있는 사람이야. 정확히 심장을 노려."

말이 끝나기 무섭게 서목을 향해 달려들던 광독인의 가슴이 꿰뚫렸다.

그리고 그 광독인은 다시 움직이지 않았다.

"좋아!"

이를 본 종성과 군명은 진광파를 광독인들의 가슴을 향해 집중시켰다.

그들에 의해서도 광독인 서너 명이 가슴이 뚫린 채 완전히 쓰러졌다.

하지만 그다음부터는 쉽지 않았다.

그들의 의도를 간파한 광독인들이 가슴을 철저히 보호하기 시작한 것이다.

서목 등이 쏘아내는 진광파를 완전히 피하지는 못할지언정 최후의 순간 놀라운 감각으로 교묘히 심장만은 지켰다.

덕분에 숨이 끊긴 광독인의 수는 더 이상 나오지 않고 있었다.

세 사람이 할 수 있는 거라곤 자신들을 향해 달려드는 광독인들을 저지하는 것뿐이었다.

'정말 놀라워. 이 정도였다니!'

서목은 여과없이 감탄을 터뜨렸다.

비록 독의 힘을 빌린 인간들이지만, 수문과 지문 이외에 자신들의 힘에 대항할 수 있는 자들이 있을 줄은 생각조차 하지 않았다.

'더 이상 지체하면 어렵다!'

처음으로 서목의 마음에 그늘이 덮였다. 그것은 임무를 완수하지 못할 수도 있다는 막연한 불안감이었다.

자신들이라고 힘이 무한히 샘솟는 것은 아니다. 한 번에 소진할 수 있는 광기의 절대적인 양은 한계가 있었다.

지금 사용하는 진광파는 일반적인 광파와는 달리 광기 중에서도 가장 정순한 것을 이용하는 술법이었다.

때문에 한 번 펼칠 때마다 소모되는 힘의 크기가 상대적으로 크다.

이 상태로 계속 가다간 스스로 지쳐 나가떨어질 수밖에 없는 것이다.

게다가 더욱 큰 문제가 있었다.

바로 주위를 까맣게 메운 엄청난 독기였다.

광독인들에게서 뿜어져 나오는 그것은 시간이 지날수록 점점 더 강해지고 있었다.

확실치는 않아도 그들이 몸을 재생시키는 과정에서 더욱 강한 독기가 발생하고 있는 것 같았다.

독기가 강해질수록 그것을 차단하기 위해 친 빛의 장막 또한 더욱 견고하게 쳐야 한다.

그러자면 이중으로 힘이 들었다.

이것이 서목이 불안해하는 이유였다.

"이봐 목! 이 방법으론 안 되겠는걸?"

"슬슬 지겨워지는데!"

종성과 군명의 외침이 들려왔다.

그들도 뭔가를 느끼고 있는 것이리라.

서목이 두 사람을 향해 말했다.

"모험을 해야겠어."

"……?"

"광혼(光魂)으로 해치운다!"

"……!"

종성과 군명이 어지러운 가운데서도 서목을 힐끔 쳐다봤다.

"진심이야?"

"농담을 할 상황인가?"

"아니, 그냥 과연 그렇게까지 할 필요가 있을까 해서……."

몸속의 광기를 순간적으로 내부에서 폭발시켜 전신이 빛과 하나가 되는 것.

그것을 가리켜 광혼이라 한다.

현재 이들이 펼칠 수 있는 광혼의 지속 시간은 고작 일각 정도.

그 안에 모든 일을 끝내지 못한다면 임무는 실패다.

그래서 모험일 수밖에 없었다.

"하긴 독에 미친놈들을 상대하려면 우리도 미칠 수밖에 없겠군."

종성이 고개를 끄덕이며 서목의 말을 받아들였다.

"신호를 보내면 동시에 해치우기로 하지. 종성은 우측면, 군명은 좌측면, 나는 뒤쪽을 맡는다."

"알았네!"

"반 각 안에 정리하지 못하면……."

"알고 있네. 이곳에 뼈를 묻어야겠지!"

종성의 말에 군명이 인상을 썼다.

"이 마귀 같은 놈들 틈에서 뼈를 묻다니, 그러기는 정말 싫군!"

"동감이야! 최근에 자네 입에서 나온 말 중 최고로군!"

"시작하지!"

두 사람이 각오를 다진 것을 확인한 서목은 즉각 신호를 보냈다.

그와 동시에 세 사람의 몸이 빛을 뿜었다.

쩌엉!

빛살이 세 줄기로 갈라져 나갔다.

광독인들의 틈으로 빛살이 파고들자 곳곳에서 포효가 터져 나왔다.

"끄워워!"

"캬아아악!"

잘게 분시(分屍)된 광독인들의 육신이 허공을 날았다.

당황한 광독인들이 빛살을 향해 쾌속하게 몸을 날리지만 역부족이었다.

세 줄기의 빛살이 지나간 곳마다 광독인들의 몸이 찢어발겨졌다.

그렇게 차츰차츰 서 있는 광독인들의 수가 줄어들어 갔다.

얼마 지나지 않아 고작 스무 명 남짓한 광독인들만이 남기에 이르렀다.

그때였다,

"우워워어어!"

커다란 괴음과 함께 새까만 독무가 장내를 뒤덮은 것은.

독무는 삽시간에 주변으로 퍼져 나가 활개치고 있던 빛살들을 압박했다.

그러자 놀랍게도 빛살들이 주춤했다.

조금 전과 같은 속도를 내지 못했다. 뿐만 아니라 그 밝기 또한 약해지고 있었다.

하지만 그럼에도 불구하고 빛살들은 쉬지 않고 광독인들

을 몰아쳐 갔다.

"꾸엑!"

빛살들을 움켜쥐려 했던 광독인들의 몸이 사방으로 터져 나갔다.

"크으으으!"

독무의 중심에서 거친 울부짖음이 흘러나왔다.

그와 동시에 사방으로 퍼져 있던 독무가 한 곳을 중심으로 모이기 시작했다.

독무가 걷힌 곳에서 한 인영의 모습이 드러났다. 다름 아닌 당정효였다.

오 장 높이의 긴 타원 모양으로 뭉친 독무는 광독인들을 공격하는 빛살 중 하나를 향해 날아갔다.

쩌엉!

독무가 빛살을 삼키자 폭발하듯 눈부신 섬광이 번쩍거렸다.

독무를 뚫고 빛줄기가 새어 나온다.

그러나 독무는 쉽게 흩어지지 않았다.

빛줄기가 더욱 강력해진다.

빛살이 독무를 빠져나오려고 발버둥치고 있었다.

순간 다른 빛살이 당정효를 향해 쏟아져 나갔다.

"으으으!"

괴음이 흘러나옴과 동시에 뭉친 독무가 빠르게 당정효의

전신을 감쌌다.

쩌엉!

또다시 섬광이 일었다.

충격으로 독무가 크게 요동쳤다.

"크아아아아!"

당정효는 포효했고, 빛살들은 더욱 주춤했다.

다른 광독인들은 단번에 찢어발겼던 빛살이었지만, 당정효의 몸은 그렇게 하지 못했다.

그 틈을 빌어 아직 살아남은 광독인들이 빛살들을 향해 달려들었다.

빛살들은 다시 움직였다.

달려드는 광독인들을 지나쳐 그것들이 향하는 곳은 단 한 곳이었다.

프스스……!

이를 본 당정효는 독무를 전방으로 흩뿌리며 자신을 향해 쏘아오는 빛살들을 맞았다.

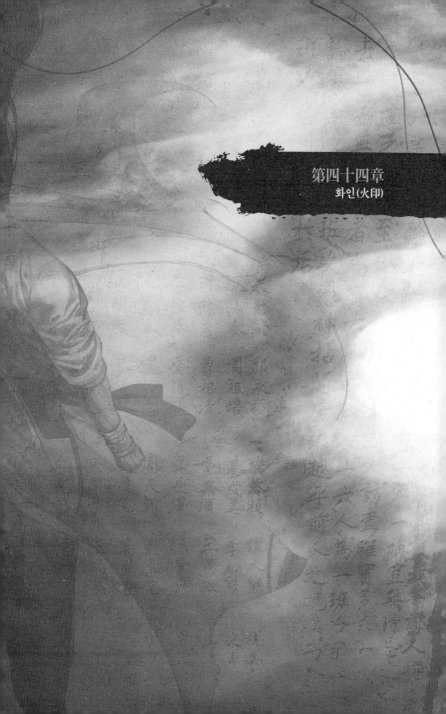

第四十四章
화인(火印)

풍신유사 風神遺事

어둠 속에서 진무영은 눈을 떴다.

누운 곳은 익숙한 방 안의 침상 위였다.

광령문의 본거지에 위치한 자신의 거처.

"아······!"

몸을 움직이려던 그녀는 엄습하는 통증에 낮게 신음했다.

얼굴 위로 손을 가져가던 그녀는 멈칫했다.

살갗이 닿아야 할 곳에 이질감이 느껴졌다.

그것이 붕대라는 것은 금세 알아차렸다.

"윽!"

엄청난 고통이 밀려왔다.

누군가 달귀진 쇳물을 얼굴에 붓는 것 같았다.

고통 속에서 기억이 하나하나 또렷해지기 시작했다.

관우를 향해 달려드는 낭도들이 보였다.

그것을 보는 순간 아무런 생각이 들지 않았다. 그저 몸이 저절로 움직였을 따름이다.

자신의 몸은 낭도들을 향해 뛰어들었다.

낭도 하나를 죽였지만 그뿐이었다.

몸을 날린 자신의 얼굴에 능수기가 떨어진 것은 바로 그때였다.

"으음!"

그 순간을 떠올리자 몸서리가 쳐진다.

끔찍한 고통이었다.

그 이후론 전혀 기억이 없었다.

아무튼 자신은 살아 있다. 그렇다면…….

'관우…….'

마지막으로 본 관우의 얼굴이 떠올랐다.

모든 것을 포기한 모습.

마음에서 뭔가가 터질 듯 솟구쳐 올랐다.

그녀는 입술을 깨물며 억지로 몸을 일으키려 했다.

그때 문이 열리며 한 사람이 들어왔다.

"정신이 들었구나."

"아버지."

진신극은 진무영을 바라보며 옅은 미소를 보였다.

"아버지께서 직접 저를 구하신 겁니까?"

"늦지 않아 진정 다행이었다."

대답하는 진신극의 얼굴에 그늘이 졌다.

자신은 늦었다.

단지 더 늦지 않았을 뿐이다. 딸의 생명을 건진 것만으로 만족해야 했으니까.

'하지만 저 얼굴을 어찌해야 한단 말인가!'

그는 측은한 눈길로 진무영을 바라봤다.

그러나 진무영에겐 그를 통해 시급히 확인해야 할 것이 있었다.

"그는… 어찌 되었습니까?"

진신극의 표정이 착잡하게 변했다.

"이 상황에서 그를 걱정하는 것이냐?"

"말씀해 주십시오."

"왜 그랬느냐?"

"……."

"그가 뭐라고 그런 무모한 짓을 한 것이냐?"

"죄송합니다."

진무영은 슬쩍 고개를 떨궜다.

하지만 그 모습에 진신극의 얼굴은 더욱 딱딱하게 굳었다.

"말은 그러하나 전혀 뉘우치는 듯 보이지 않는구나."

"아버지께는 뭐라 드릴 말씀이 없습니다."

"으음."

진신극은 진무영을 한동안 지그시 바라봤다.

그리고 이내 다시 입을 열었다.

"너로 인해 모든 계획은 수포로 돌아갔다. 죽었으면 모르되, 살았으니 그에 대한 책임은 반드시 져야 할 것이다."

"그리하겠습니다."

"또한 네 얼굴은 이미 모든 뼈와 조직이 녹아내려 내 힘으로도 온전히 회복시킬 수 없는 상태였다. 어렵게 형체만은 되살릴 수 있었으나, 평생을 흉측한 몰골로 살아야 할 것이다."

진신극의 말에 진무영의 눈빛이 순간적으로 흔들렸다.

평생을 사내로 살았지만 그녀도 여인이다. 그것도 이제 한 사내를 가슴에 품은 여인 말이다.

얼굴이 회복 불능이라는 말에 충격받지 않는다면 거짓말이리라.

"제가 자초한 일이니 이 또한 제가 감수하겠습니다."

진무영은 무거운 마음을 더욱 억누르며 대답했다.

"어리석은 녀석 같으니."

진신극은 내심 고개를 저었다.

그의 딸은 이미 온전히 마음을 빼앗겼다.

이제 더 이상 진무영에게 전과 같은 모습을 기대할 수 없음을 그는 인정하지 않을 수 없었다.

'기대할 수 없다면 이용한다.'

그는 전부터 가졌던 생각을 실행에 옮기기로 마음을 굳혔다. 관우와 진무영의 관계에 대하여 전해 들었을 때부터 해온 생각이었다.

풍령문의 전인과 광령문주인 자신의 딸.

순간 둘의 진정한 결합을 떠올린 것은 과연 무모함일까?

수천 년을 이어오는 동안 단 한 번도 일어나지 않았던 일이 발생했다.

누구도 감히 생각지 못했던 일이 말이다.

'과연 하늘의 장난이 어디까지인지 궁금하구나.'

진신극은 마음을 가라앉히며 진무영을 향해 말했다.

"내가 그곳에 도착하였을 때 엄청난 기류의 폭발이 있었다."

"……?!"

그가 그날의 일에 대하여 언급하자 진무영은 숨을 죽이며 귀를 기울였다.

"가공스런 풍기였다. 아니, 단순히 그런 말로는 형용할 수가 없을 정도였지. 난생 처음으로 몸이 떨렸다."

"……!"

진무영은 자신의 귀를 의심했다. 자신의 아버지와 두려움이란 단어는 결코 어울릴 수 없다.

하지만 이내 고개를 끄덕이지 않을 수 없었다.

자신도 직접 보지 않았던가, 그 무시무시한 바람의 위력을.

"어찌 되었습니까, 그는?"

"모른다."

"……?"

"폭발이 잦아들었을 때 그 아인 이미 그곳에 없었다."

"사라졌단 말씀입니까?"

"모든 것이 흔적도 없이 사라졌지. 단 하나, 너만 빼고."

"그게 무슨……?"

"너는 폭발의 중심에 있었으면서도 아무런 해도 받지 않았다는 말이다."

진무영의 하나뿐인 눈동자가 흔들렸다.

그 와중에서도 관우는 자신을 지켜주었다.

마음 한편에서 따스한 기운이 번져 나간다.

진신극은 그런 그녀를 보며 말을 이었다.

"그곳에서 너희가 상대하던 자들이 수문의 사람들이었느냐?"

"그렇습니다."

"누구냐?"

"수문의 제일석로였습니다."

"율마… 으음."

진신극의 표정이 굳었다.

그가 나섰다면 수문은 이미 작정하고 나선 것이다.

이제 돌이킬 수 없는 전면전이었다.

하지만 그전에 확실히 알아야 할 것이 있었다.

"그에 대하여 말해보거라."

"이미 아버지께서 아시는 대로입니다. 풍령문의 전인임을 속이고 의도적으로 제 수하에 들어왔습니다. 천문과 관계된 자로 자신을 소개했는데, 신뢰하진 않았습니다. 하지만 무공을 익히고 있어서 처음부터 크게 의심하지는 못했습니다."

"언제 그가 풍령문의 전인임을 확실히 알게 되었느냐?"

"천축에서부터입니다. 성읍 하나가 깨끗이 사라지는 큰 폭발이 있었습니다. 아마도 아버지께서 보신 것과 같았을 겁니다."

"하면 그전엔 그가 전혀 풍기를 사용하지 않았단 말이냐?"

"제가 아는 한 그렇습니다. 곁에서 지켜본 바로는, 그에겐 처음부터 어떠한 제약 같은 것이 있었던 듯합니다."

"제약?"

진신극의 두 눈에 힘이 들어갔다.

"폭발이 일어난 곳에서 발견한 그는 완전히 넋이 나간 상태였습니다. 그 후로 한동안 깨어는 있으되, 아무런 생각도 행동도 하지 않았습니다. 하지만 놀라운 건 그 상태에서도 스스로를 지키기 위해 풍기가 발동된다는 것이었습니다."

"저절로 말이냐?"

진무영은 고개를 끄덕였다.

"마치 그가 아닌 다른 누군가가 기운을 대신 조종하고 있는 듯했습니다. 그는 바람의 기운이 강하게 작용할수록 매우 괴로워했습니다. 때문에 정신을 차린 뒤에도 그는 그 힘을 사용함에 있어 무척이나 조심스러웠습니다."

"정신이 돌아왔다면 그가 결국 그 힘을 제어할 수 있게 되었다는 뜻이냐?"

"그렇습니다. 하지만 온전히 제어할 수 있게 된 것은 아닌 듯했습니다."

"으음."

진신극은 잠시 생각에 잠겼다.

자신이 그곳에서 본 것은 그냥 풍기가 아니었다.

그건 수년 전 자신 앞에 나타났던 풍령문의 전인이 보여준 기운과는 전혀 다른 것이었다.

더 강하고, 크고, 무시무시하다.

자신이 나선다면?

필패다. 막을 수 없다.

그것을 대하는 순간 느꼈다.

광령문 전체가 나서도 그 힘을 당해낼 수 없다는 것을…….

그건 세상에 존재하는 힘이 아니었다.

'그런 힘을 인간이 지녔다?'

아무리 생각해도 불가능한 일이었다.

그런데 그런 일이 생겼다. 불완전하지만 말이다.

불완전할 수밖에 없다.

인간의 지혜와 재주로 어찌 세상 밖의 힘을 온전히 제어할
수 있겠는가?

하지만······.

'온전하지 않아도 좋다, 가질 수만 있다면!'

진신극은 진무영에게서 원하던 것을 확인했다.

이제 자신의 생각이 현실이 되기만 한다면 천하는 그의 것
이 될 것이다.

"이제 어찌할 생각이십니까?"

진무영이 물어왔다.

진신극은 그녀의 얼굴을 지그시 바라봤다.

그녀도 알고 있으리라, 관우를 대적할 수 있는 자는 아무도
없다는 것을.

하지만 그는 대답 대신 되물었다.

"너는 어찌할 것이냐?"

잠시 침묵한 진무영은 곧 대답했다.

"그를 찾겠습니다."

"어리석은······. 그에게 빠져 이젠 네 아비와 본 문의 운명
이 어찌 되든지 관심도 없다는 말이냐?"

"아버지께서도 직접 보시지 않았습니까? 그가 존재하는 한
본 문의 대망은 이뤄질 수 없습니다."

"확실히 본 문의 힘만으로는 그의 힘을 감당할 수 없다. 하

나 지금껏 풍령문의 전인을 본 문 홀로 상대해 오지는 않았다는 것을 너는 모르는 것이냐?"

"본 문이 변했듯, 수문과 지문 역시 변했습니다. 그들은 더 이상 본 문의 눈치를 보지 않습니다. 또한 지금 상황에서 그들과의 진정한 연합은 불가능합니다. 그리고 가장 중요한 것은, 연합을 한다고 해도 반드시 그를 제압할 수 있으리란 보장이 없다는 것입니다."

"하여 포기하라는 것이냐?"

"불필요하게 큰 희생만 치르게 될 것입니다."

말을 하면서도 진무영은 스스로 놀랐다. 관우가 자신에게 했던 말을 아버지인 진신극에게 그대로 하고 있었던 것이다.

"너는 전혀 다른 아이가 되었구나. 과연 광령문주인 내 자식이 맞는지 의심스러울 정도다."

진무영은 침묵했다. 그 침묵이 자신을 향한 미안함임을 안 진신극은 말을 이었다.

"사천 년이다. 긴 기다림은 숙원이 되었고, 대망이 되었다. 그리고 그것은 처음부터 본 문이 존재하는 이유이기도 하다. 불필요한 희생만 치르게 될 것이기에 포기하라고 했느냐? 그 말은 곧 본 문이 이 세상에 존재하는 이유를 스스로 저버리는 것과 다르지 않다. 포기는 곧 우리의 죽음을 의미한다."

"……."

진무영은 더 이상 입을 열 수 없었다.

그녀도 알고 있었다, 이미 그만두기엔 너무 늦었다는 것을.

하지만 그럼에도 불구하고 그녀는 자신의 마음을 진신극에게 드러내야 할 필요를 느꼈다.

그녀에겐 관우만큼이나 그의 아버지와 문도들도 소중했기 때문이다.

진신극이 다시 입을 열었다.

"그와 우리가 모두 무사할 수 있는 길이 한 가지 있다."

진무영은 의문이 가득한 시선으로 그의 아버지를 바라봤다.

"그를 우리 사람으로 만드는 것이다."

"……?!"

그녀는 진신극이 무슨 생각을 하고 있는지 단번에 알 수 있었다.

하지만 그녀는 진신극을 향해 고개를 저었다.

"그는 이미 따로 마음에 품은 여인이 있습니다."

진신극의 눈썹이 꿈틀거렸다.

"그게 누구냐?"

"당가의 여식입니다."

"당가?"

그의 표정이 미묘하게 변했다.

"네게 가기 전 서목을 당가로 보낸 바 있다."

"광독인 때문입니까?"

진신극은 고개를 끄덕였다.

"그리고 이틀 전 서목이 당가를 무너뜨렸다는 기별을 보내
왔다."

"……!"

"거기엔 아직 광독인들의 수괴로 여겨지는 자를 추적 중이
라는 말과 함께, 한 여인을 놓쳤다는 보고도 포함되어 있었
다."

"한 여인이라면……?"

"다른 무리들이 나타나 빼내갔다고 하는데, 네가 말한 그
여식일 수도 있겠지."

진무영은 그녀가 당하연이었을 거라는 느낌이 강하게 들
었다.

"그녀를 빼내간 자들에 대해선 아무런 보고가 없었습니
까?"

"정체를 알 수 없는 무공을 지녔다고 했다. 뜻밖에도 그들
의 영력이 높아 혼란 중에 놓쳤다고 하더구나."

"음."

비록 광독인들과 혼전 중이었다곤 하나, 서목을 비롯한 율
사들의 수중에서 사람을 빼내갔다는 사실은 가볍게 여길 수
없는 일이다.

이를 나타내듯 진신극의 표정도 진지해져 있었다.

'천문인가?'

충분히 가능한 이야기였다.

하지만 진무영은 금세 고개를 저었다.

높은 영력이 담긴 무공을 지닌 곳은 한정되어 있다. 서목이라면 천문의 무공을 알아봤을 것이다.

'그렇다면……?'

쉽게 떠오르지가 않는다.

위험을 무릅쓰고 당하연을 빼내간 자들은 과연 누구인가?

'군무단?!'

그들이라면 동기는 충분하다. 하지만 역시 고개가 저어진다.

동기는 충분하지만 그들에겐 그런 능력이 없지 않은가?

진무영은 혼란스러웠다.

그리고 그럴수록 더욱 관우의 행방이 궁금해졌다.

그때 다시 진신극의 음성이 들렸다.

"그가 다른 여인을 마음에 품은 것은 중요하지 않다. 그의 마음에 너라는 존재가 깊숙이 박혀 있느냐가 중요할 뿐이다."

"그게 무슨 말씀입니까?"

"너를 향한 마음이 연모가 아니라도 상관없다는 말이다."

"그가 제게 마음의 빚을 지고 있을 거라 보시는 겁니까?"

"그것은 줄곧 그와 함께 있었던 네가 잘 알고 있을 것이다."

진무영은 기분이 조금은 착잡했다.

당하연을 향한 관우의 마음을 잘 알고 있었다.

그럼에도 불구하고 어떤 식으로든 관우를 자신의 곁에 두고 싶은 것이 사실이었다.

아니, 그 반대다. 자신이 관우의 곁에 있고 싶었다.

그래서 관우가 풍령문의 전인임을 알고서도 그를 떠나지 못했다.

그런 그녀였지만 막상 아버지에게서 이런 말을 듣게 되니 마음 한곳이 아렸다.

하지만 그러면서도 어떤 기대감이 피어오르는 것을 막을 순 없었다.

'정말 내게 마음의 빚을 지고 있을까?'

그렇게라도 자신이 관우의 마음에 각인되었기를 바란다.

그렇다면, 어쩌면 관우가 먼저 자신을 찾아올 수도 있을지 모르기에…….

진신극은 그녀의 눈빛에서 그녀의 마음을 읽을 수 있었다.

"다시 말하지만 그와 우리 모두가 무사할 수 있는 길은 그를 우리 사람으로 만드는 것뿐이다."

"제가 어떻게 하길 바라시는 겁니까?"

"네 마음이 시키는 대로 해라. 네가 할 일은 그것뿐이다."

"그를 붙잡으라는 말씀입니까?"

"바람을 붙잡을 수 있겠느냐? 그저 바람이 네게 머물기를 바라는 수밖에 없지 않겠느냐?"

"……."

"먼저 몸을 추슬러라. 그동안 그의 행방은 내가 찾아보도
록 하겠다."

진신극은 그 말을 끝으로 신형을 돌렸다.

그는 자신의 뜻을 명백히 밝혔다.

진무영에겐 그건 관우를 향한 마음을 인정하는 허락과 같
은 것이었다.

기뻤다.

하지만 마음 한구석엔 거리낌도 있었다. 마치 관우를 이용
하는 것만 같아서다.

'이용하려고 해도 이용당할 사람이 아니야.'

그녀는 금세 스스로를 위로했다.

진신극의 말대로 모든 것은 관우에게 달렸다.

자신이 관우를 붙잡으려 해도 그가 거부한다면 어쩔 수 없
다.

자신은 그저 마음이 시키는 대로 행할 것이다. 천축으로 가
는 관우를 따라나섰던 것처럼 말이다.

진무영은 굳게 닫혀 있던 창문을 열었다.

짙은 어둠이 그녀를 맞이했다.

그 어둠 속에 반짝이는 별을 바라보는 순간 한 줄기 바람이
그녀의 뺨을 스치고 사라졌다.

관우는 허공에서 아래를 굽어보았다.

광령문의 본거지가 한눈에 내려다보였다.

진신극과 진무영이 자신을 두고 나눈 대화의 내용은 그다지 놀라울 것이 없었다.

다만 관우의 마음을 무겁게 하는 것은 진무영의 얼굴이 본래대로 회복될 수 없다는 사실이었다.

참으로 어리석은 여인이다.

진무영을 이해할 수 없지만, 그래서 더욱 그녀를 마음에서 떨칠 수가 없다.

다른 것은 접어두고라도 어쨌든 그녀는 자신을 구하기 위해 망설임없이 목숨을 내던졌다.

그럼으로써 그녀는 광령문과 그녀의 아버지, 그리고 그녀의 사명까지 저버렸다.

세상을 구하는 것이 자신의 사명이라면, 그녀에겐 세상을 광령문의 수중에 넣는 것이 사명이다.

그것을 그녀는 버린 것이다, 바로 자신 때문에.

아무리 부인하려고 해도 그것은 거부할 수 없는 압박으로 다가왔다.

그녀에 대한 생각을 떨칠 수 없다.

다행히 목숨은 건졌지만, 그녀는 모든 것을 잃었다. 심지어 얼굴까지…….

그럼에도 그녀는 자신을 향한 마음을 접지 않았다.

"그를 찾겠습니다."

진무영의 음성이 지금도 들리는 듯했다.

그녀를 찾아 이곳으로 오는 것이 아니었다.

'빌어먹을!'

그날 이후로 이 한마디가 자꾸만 입에서 맴돌았다.

어찌할 수 없는 상황과 마음을 이렇게밖에는 표현할 길이 없다.

진무영을 만나야 했지만 지금은 만날 수 없다.

아직 '나'는 깨어나지 않았다.

'나'가 깨어나면 그때 만나리라.

그리고 그전에 달리 가야 할 곳들이 있었다.

사아.

바람이 어딘가로 불어나갔다.

처음부터 거기엔 아무것도 존재하지 않았다.

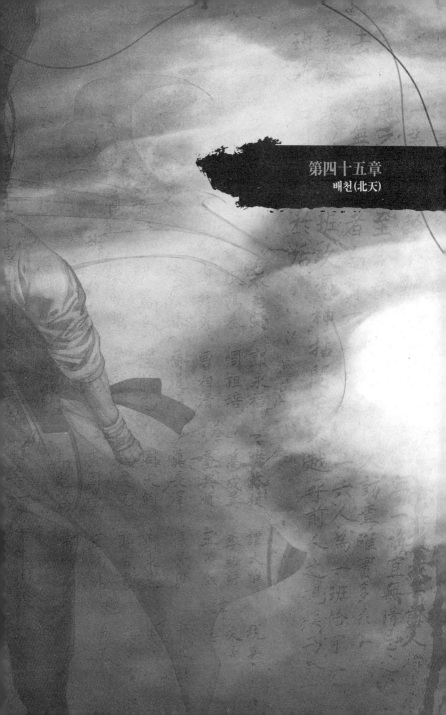

第四十五章
배천(北天)

風神遺事

해가 뉘엿뉘엿 서산으로 저물고 있었다.

관우는 담장 옆 나뭇가지 위에 멈춰 섰다.

자신이 어린 시절 자주 올려다보곤 했던 운남산다였다.

시선을 내원 쪽으로 돌렸다. 한 중년 여인이 이제 막 밖으로 걸음을 옮기고 있었다.

'어머니……!'

연정옥의 모습은 여전히 단아했다.

뿐만 아니라 전에 보았을 때와는 달리 혈색도 좋아지고 몸놀림도 가벼운 듯 보였다. 물론 아직까지도 수척한 모습이지만 말이다.

"마님, 저녁 공기가 찹니다. 웃옷을 걸치시지요."

단 노라 불렸던 노인이 걱정스런 표정으로 그녀에게 말했다.

"괜찮아요. 땀을 흘리면 금세 몸이 더워진답니다."

곱게 웃으며 대꾸하는 그녀를 노인은 애처로운 시선으로 바라봤다.

"그럼 낮에 이미 윗마을까지 다녀왔으니, 이번엔 아랫마을까지만 가는 것으로 하시지요."

"아니에요. 이제야 차츰 다리에 힘이 붙어가는데 게으름을 피울 수는 없어요. 서둘러 건강을 회복해야 우리 교아가 돌아왔을 때 밝은 모습으로 맞을 수 있지 않겠어요?"

"마님……."

노인은 더는 말릴 수 없음을 알고 앞서 가는 연정옥을 조용히 따라나섰다.

그런 두 사람을 내려다보고 있는 관우의 마음은 마치 커다란 구멍이 뚫린 듯 허허로웠다.

두 사람의 대화를 통해 연정옥의 정신이 온전치 못함을 알 수 있었기 때문이다.

연정옥은 이미 죽은 것으로 된 자신이 돌아오길 기다리고 있었다.

그 때문에 의지를 발휘하여 몸을 추슬렀음이 분명하다.

온전치 못한 정신이 오히려 그녀의 몸을 건강하게 되돌려

놓게 만든 것이다.

오랜 세월 그녀가 자신 때문에 겪었을 마음의 고통을 감히 헤아릴 수 있을까?

헤아릴 수 있다면 거짓말이다.

하지만 눈앞의 어머니를 지켜보고 있는 것만으로도 마음이 녹아내리는 듯했다.

'미친' 아들은 어머니란 존재를 철저히 외면했다.

태어나서 이 집을 떠날 때까지, 어머니는 항상 자신의 곁을 지켰다.

그러나 자신의 눈엔 그런 어머니가 보이질 않았다. 그저 바람만 보였을 뿐이다.

'어머니, 여기 왔습니다! 바람에만 미쳐 살다가 집까지 뛰쳐나갔던 불효막심한 아들이 여기 있습니다!'

당장 연정옥의 앞으로 달려가 무릎을 꿇고 울며 용서를 빌고 싶었다.

그러나 지금은 그녀의 앞에 나타날 수도 없고, 눈물을 흘릴 수도 없다.

차오른 가슴을 배출할 출구가 없으니 마음이 터질 듯하였다.

관우는 더 이상 연정옥의 모습을 지켜보지 못하고 그곳을 떠났다.

*   *   *

당하연이 눈을 뜬 곳은 작은 석실 안이었다.

등불이 밝혀진 석실에는 간단한 침구만이 갖춰져 있었다.

그녀는 침상에 걸터앉아 한동안 멍하니 허공을 응시했다.

죽어가는 광독인들.

폐허가 된 가문.

자신의 아버지와 빛을 쏘아내는 자들과의 격렬한 싸움.

모든 것이 뇌리를 스치고 지나갔다.

그리고 어느 순간 그 모든 것들이 시야에서 멀어졌다.

누군가 자신을 데리고 간 것이다.

하지만 그녀는 아무런 저항도 하지 못했다. 기력이 진한데다가 충격이 겹쳐 실신하고야 만 것이다.

이곳은 어디인가?

도대체 얼마나 정신을 잃은 채 누워 있었는가?

자신을 이곳으로 데리고 온 자들은 누구인가?

그러한 의문들이 차츰 떠오르는 그때, 석실문이 열리며 한 사람이 안으로 들어섰다.

"위 참모……?"

온몸에 출렁이는 살들이 눈에 너무도 익숙하다.

위탕복은 그녀를 향해 볼을 실룩이며 특유의 미소를 지어 보였다.

"오랜만이오, 당 소저."

"당신들이었군요, 나를 이곳으로 데리고 온 자들이."

"조금만 늦었으면 큰일 날 뻔했소."

"당신들이 어떻게 그곳에 오게 된 거죠? 수련을 벌써 끝낸 건가요?"

"전부는 아니지만 일부는 그렇소."

"일부라면……?"

"패마께선 이미 수련을 끝마치셨소."

"만유반야대선공을 모두 습득했단 말인가요?"

"아마도 그럴 거요."

"……!"

당하연은 놀라지 않을 수 없었다.

위탕복 등이 자신을 만난 뒤 수련하겠다며 떠난 것이 고작 수개월 전이었다.

그동안에 모든 수련을 끝마친다는 건 그녀의 상식으론 도저히 상상할 수 없는 일이다.

하지만 그 비결에 대해선 묻지 않았다. 그녀에겐 더욱 급히 알아야 할 일이 있었기 때문이다.

"모두… 어떻게 됐죠?"

그녀는 조심스럽게 물었다.

가만히 내려다보는 시선은 위탕복의 답변을 어느 정도 예상하고 있는 듯하였다.

"사라졌소. 모두……."

"……!"

"당가가 완전히 무너진 후 그곳에 모여 있던 자들까지 모두 떠나 버렸소."

예상했던 일이지만 담담할 수 없었다. 덜컥 내려앉는 마음을 다잡고 그녀는 물었다.

"제 아버지는요?"

"알 수 없소."

"무슨 뜻이죠?"

"다른 광독인들의 시신은 있으나, 소저 부친의 시신은 찾을 수 없었소."

'아직 살아 계시는구나!'

그녀는 작은 안도감을 느꼈다.

자신을 알아보지 못한다고 해도 어쨌든 아버지였다.

죽으면 모든 것이 끝이다. 하지만 살아만 있으면 희망이 있는 것이다.

위탕복은 그녀의 그런 내심을 읽을 수 있었다. 그가 한마디를 덧붙였다.

"하나 그것만으로 소저 부친의 무사함을 속단할 순 없을 거요."

"그렇겠죠. 그들은 무서운 자들이니까."

당하연은 위탕복의 말을 부인하지 않았다. 직접 그들의 힘을 눈앞에서 보았기 때문이다.

아무도 그들에게 대적할 수 없어 보였다, 그 누구도.

"그들을 상대할 수 있나요?"

위탕복은 당하연을 가만히 응시했다.

지금과 같은 상황에서도 그녀는 방법을 강구하고 있었다. 아직 절망의 늪이란 곳에 빠지지 않았다는 뜻이다.

내심 감탄한 그는 곧 대답했다.

"상대할 수 없소."

"만유반야대선공이란 것이 생각보다 쓸모가 없었나 보군요."

위탕복은 고개를 저었다.

"그 반대요. 만유반야대선공은 우리가 기대했던 것 이상으로 심오한 무공이오."

"그럼에도 저들을 상대하기엔 부족하단 말이군요."

"애초부터 저들을 상대할 자가 우리가 아니라는 것은 소저도 아는 바가 아니오?"

그 말을 들은 당하연은 기다렸다는 듯이 즉각 물었다.

"오라버니의 소식은 알고 있나요?"

"모르오. 하나 한 가지 사실만은 확실히 알고 있소."

"……?"

"그분이 살아 계신다는 사실이오."

"그래야죠, 당연히……."

작게 읊조리는 당하연의 음성이 잘게 떨렸다.

거기엔 진한 그리움이 배어 있었다.

"오라버니는 지금 어디에 있을까요? 어디서 무얼 하고 있는 걸까요? 지금의 상황을 모두 알고는 있을까요? 우리가 어찌 지내는지, 내가 어떻게 되었는지 다 알고 있을까요?"

그녀의 목소리가 점점 커졌다.

관우를 떠올리니 절로 요동치는 감정을 제어하기가 어려웠다.

그런 그녀에게 위탕복은 안타까움 대신 가벼운 말투로 대꾸했다.

"알고도 오지 않는 것이라면 지금껏 기다린 것이 너무 허무하지 않겠소? 어쩌면 단주님께선 지금 우리가 겪는 것보다 더욱 큰 고통과 싸우고 있을지도 모르오."

"기억을 되찾을 거란 뜻인가요?"

"아마도 그럴 거요, 라고 말하면 믿겠소?"

"내가 믿고 안 믿고가 중요한가요? 그것이 사실인지 여부가 중요하겠죠."

"훌륭한 대답이오."

위탕복은 안심했다.

당하연은 연약하지 않았다. 이런 상태라면 충분히 자신들과 함께 관우를 기다릴 수 있을 것이다.

그는 보다 진중한 어조로 입을 열었다.

"모든 일의 성패는 단주님의 손에 달려 있소. 그것은 하늘이 정한 것이니 그 어떤 일로도 달라지지 않을 거요."

"성패가 모두 오라버니에게 달려 있다면, 오라버니로 인해 이룰 수도 있고 못 이룰 수도 있다는 말이군요."

"즉, 우리는 그저 단주님께서 돌아오시기만을 기다려야 한다는 뜻이기도 하오."

"언제까지죠?"

"언제까지든."

"광령문과 다른 두 문파가 세상을 모두 장악한 뒤에도 말인가요?"

"이미 말하지 않았소, 그 모든 것은 단주님께 달렸다고. 만일 끝내 돌아오시지 않는다면……."

"……?"

"우린 모두 하늘에 속은 것이 되겠지."

위탕복은 웃었다.

하지만 그 웃음이 왠지 다른 때와는 다르게 보였다.

당하연은 그가 돌아간 뒤에도 그 웃음에 담긴 의미를 곰곰이 생각해 보았다.

그러나 알 길이 없었다.

결론적으로 위탕복이 뭔가를 알고도 자신에게 이야기하지 않았다고밖에는 생각할 수 없었다.

'다 무슨 소용이지?'

그녀는 스스로에게 반문했다.

세상이 끝장나든 말든 자신과 무슨 상관인가?

이미 자신의 가문은 사라졌고, 딸을 알아보지도 못하는 아버지는 생사조차 불명한 것을.

관우의 사명이 이루어지든지 말든지, 하늘이 속이든지 말든지 이제 그녀는 관심이 없었다.

단지 그녀는 관우가 그리울 뿐이다.

필요할 뿐이다.

관우는 잠든 당하연의 얼굴을 가만히 바라보았다.

위탕복이 나간 뒤 얼마 지나지 않아 그녀는 다시 잠들었다. 그동안 얼마나 지쳐 있었는지 충분히 짐작할 수 있었다.

그녀의 초췌한 얼굴에 애달픔이 밀려왔다.

미안함과 그리움이 분수처럼 쏟아져 나왔다.

하지만 잠든 그녀의 얼굴조차 쓰다듬어 줄 수 없다. 바로 눈앞에 있음에도 그녀를 만질 수가 없었다.

'연 매… 날 용서해 줄 수 있을까?'

당하연을 눈앞에서 보게 되니 한 가지 사실이 더욱 확실해지는 것을 느꼈다.

그녀에게 자신은 용서받지 못할 잘못을 저지르고 말았다.

돌이키고 싶어도 돌이킬 수 없는…….

'그래도 용서는 빌어야겠지. 한 번은……'

관우는 그렇게 잠든 당하연을 하염없이 바라보았다.

그리고 얼마 후 한 줄기 바람이 석실을 빠져나갔다.

                    *   *   *

위이이이잉……!

만년설로 뒤덮인 고원이 끝없이 펼쳐졌다.

관우는 그중 한 봉우리에 내려섰다.

곧장 그 가운데 뚫린 동굴로 들어간 관우.

동굴은 크지 않았다.

조금 안으로 들어가자 둥글고 너른 공간이 나왔다.

벽면 상층에 자리 잡은 서른일곱 구의 시신.

익숙한 광경이었다.

그랬다, 이곳은 풍령문 역대 전인들의 시신이 안치된 곳이었다.

하지만 관우의 시선은 그것들로 향하지 않았다. 관우는 바닥을 내려다보았다.

한 사내가 있었다. 아니, 한 구의 또 다른 시신이었다.

옷은 넝마가 되었고, 전신에 크고 작은 상처들이 즐비했다.

그중 가장 흉측한 상처가 난 곳은 두 눈이었다.

본래 눈이 있던 곳에는 아무것도 없었다. 검붉은 피로 얼룩진 그곳엔 그저 작은 구멍 두 개가 휑하니 자리하고 있을 뿐이다.

관우는 저 상처가 왜 생겼는지 잘 알고 있었다.

사내는 스스로 자신의 눈을 찔렀다. 큰 고통의 몸부림 중에 일어난 일이었다.

그런 뒤 사내는 정신을 잃었으며, 자신에 의해 이곳으로 이끌려 왔다.

관우는 그 모든 과정을 생생하게 기억했다. 그 고통과 분노, 슬픔까지도……

그때였다,

사내의 죽은 것 같았던 몸이 꿈틀거렸다.

손가락부터 시작된 움직임은 이내 온몸으로 이어졌다.

'이제야 깨어나는군.'

관우는 자신의 육신이 서서히 움직이고 있는 모습을 의연하게 지켜봤다.

풍령과 분리되고도 그 폭발 속에서 생명을 부지할 수 있었던 것은 환무길이 남겨준 풍기 덕분이었다.

"으음……!"

힘겹게 몸을 일으킨 관우는 슬쩍 옆으로 고개를 돌렸다.

눈이 없어도 보였다. 거기엔 또 다른 '나'가 있었다.

완벽하게 분리된 또 다른 '나'.

짓이겨진 진무영의 얼굴을 보는 순간 풍령은 닫힌 문을 박차고 뿜어져 나왔다.

그리고 그와 동시에 극한의 분노와 함께 표출된 자신의 의지가 풍령을 밖으로 토해내기에 이르렀다.

극도로 발휘된 초의분심공에 의한 분리였다.

완전히 분리된 풍령은 주변의 모든 것을 집어삼켰으나, 진무영만은 지켰다.

그것은 자신의 의지에 의한 것이었다.

풍령은 분리되었어도 자신의 의지대로 움직였다. 자신 안에 있던 바람의 영은, 인간의 영처럼 이미 자신의 의지가 되어 있었던 것이다.

"빌어먹을……!"

관우는 작게 내뱉었다.

이제까지 풍령이 살펴보고 온 장면들이 머릿속에 떠올랐기 때문이다.

당하연과 어머니 연정옥, 그리고 진무영까지…….

그녀들은 모두 그리움의 대상인 동시에 마음의 짐이었다.

자신의 몸을 꽁꽁 묶고 있는 사슬과도 같다.

이대로는 아무것도 할 수 없으며, 아무런 결론도 내릴 수 없었다.

그래서 그네들을 찾아갔다. 그네들을 보았고, 그네들의 사정을 보았다.

그리고 결론을 얻었다.

아니, 본래 확실한 결론을 생각하긴 했었다. 그것은 바로 스스로 목숨을 끊는 것이다. 죽으면 모든 짐과 사슬이 사라질 것이기 때문이다.

하나 그럴 수 없었다. 이젠 죽고 싶어도 죽을 수가 없다.

물론 육신은 죽을 수가 있다. 하지만 이미 또 다른 '나'가 된 풍령은 죽지 않는다. 풍령이 살아 있는 한 자신이 진 짐과 매인 사슬은 사라지지 않을 것이다.

그렇기에 다른 결론을 얻어야만 했다.

조금이라도 짐을 덜기 위해, 움직이기 위해.

선택을 해야 했다, 무엇을 버릴지…….

"끄응!"

관우는 벽면을 짚고 간신히 두 다리로 일어섰다.

풍령의 눈으로 사방에 안치된 역대 전인들의 시신을 하나 하나 살폈다.

"지금까지 본문의 뜻을 이어오신 조사님들이시다. 관우는 조사님들께 예를 올리도록 해라."

'사부님……!'

수년 전 환무길과 함께 이곳에 처음 왔을 때가 떠올랐다.

사부 환무길의 음성이 아직도 귀에 생생했다. 그리고 그날에 가졌던 자신의 감정과 다짐까지도……

그렇게 시신들을 살피던 관우는 마침내 마지막 서른일곱 번째 시신에 이르렀다. 바로 그 순간 커다란 의문이 마음을 울렸다.

"가장 왼편에 계신 분이 본문의 창시자이시고, 가장 오른편에 계신 분이 내 사부님이시다."

"그럼 저쪽 끝에 남아 있는 두 자리는……?"

"나와 네가 있을 자리다."

"그럼 그 후의 사람들은 어찌 되는 것입니까?"

"그것은 나도 모른다. 창시자께서 이곳을 만드실 때부터 벽면에 있는 자리는 서른아홉 개였다. 그분의 깊은 뜻을 정확히 알긴 어려웠으나, 이제 너를 만나고 보니 일대 조사께선 이미 모든 것을 예견하셨던 듯하구나."

'아니다! 사부님의 생각은 틀렸다!'

관우는 전날 이곳에서 환무길과 나눴던 대화를 되새기며 고개를 저었다.

'모든 풍기를 내게 남겨주신 뒤에 사부님의 육신은 형체도 없이 스러졌다. 그렇다면 서른여덟 번째에 안치될 시신은 처음부터 사부님의 것이 아니었다는 뜻이다. 하면 누가……?'

관우는 아직 비어 있는 두 개의 공간을 바라보며 깊은 생각에 잠겼다.

이미 환무길은 죽었으니, 서른여덟 번째에 들어갈 사람은 이제 자신밖엔 남지 않았다.

만일 자신이 저곳에 들어간다고 하면, 마지막 서른아홉 번째에는 누가 들어갈 것인가?

"그럼 사부님의 말씀은, 본문이 제자를 끝으로 사라진다는 말씀입니까?"

"모든 정황을 볼 때 본문이 네 대에서 끊긴다면 그 이유는 둘 중 하나가 될 듯하다. 곧 있을 세 문파의 발흥을 본문이 막지 못해서이거나, 아니면 그들이 영원히 사라져 더 이상 본문이 존재할 까닭이 없어져 버려서이거나."

'아니야! 둘 중 하나가 아니야! 대가 끊기는 것은 둘 중 하나가 아니라도 얼마든지 가능하다. 내가 후인을 거두지 않으면 본문은 맥이 끊기고 만다.'

관우는 서서히 혼란스러워지는 것을 느꼈다.

비어 있는 마지막 한 자리.

저곳이 자신의 자리가 아니라면 그럼 과연 누구의 것이란 말인가?

'본문의 창시자께서 잘못 예견한 것인가?'

그럴 가능성도 있다. 하지만 관우는 곧 고개를 저었다.

하늘의 뜻으로 세워진 풍령문이다. 그 전인들 또한 하늘의 안배로 택함을 받았다. 자신이 그랬듯이 말이다.

직접 택함을 받은 창시자가 잘못 예견했을 리가 없다.

'그렇다면 진정 내가 마지막이 아니란 말인가? 풍령인 내가 마지막이 아니라면 또 다른 누가 다음 대를 이을 거란 뜻인가? 하지만 어떻게……?'

관우는 또 한 번 고개를 젓지 않을 수 없었다.

자신은 후인을 두지 않을 것이다. 풍령문은 자신의 대에서 끝이다. 아니, 이제 끝이 난 것이라 할 수 있다.

그것이 자신의 결론이기 때문이다.

자신은 풍령문의 사명을 버릴 것이다. 사명이 버려진 풍령문은 더 이상 존재하지 않는 것과 같다.

풍령은 존재하되, 풍령문은 없다.

이것이 자신의 선택이었다.

이제 하늘을 원망하지 않는다. 하지만 하늘을 등질 것이다.

바람이 된 것이 자신의 선택이라고 한다면, 하늘을 등지는 것 또한 자신의 선택이다.

관우는 마음의 문을 굳게 차단했다.

다른 생각은 더 이상 침범하지 못한다. 비어 있는 두 자리에 대한 생각도 모두 지워 버렸다.

'더 이상 상관할 바가 아니다!'

시선을 거둔 관우는 그대로 돌아섰다.

'다신 이곳에 오지 않으리라!'

순간 풍령이 관우의 몸을 감쌌고, 관우는 동굴 속에서 자취를 감춰 버렸다.

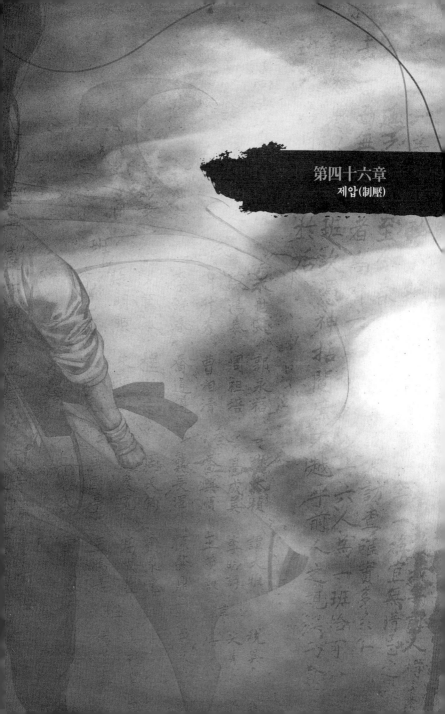

第四十六章
제압(制壓)

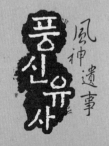

風神遺事

"지독한 놈이군!"

종성은 주변을 경계하며 한마디를 내뱉었다.

어느새 사천을 떠나 운남에까지 이르렀다.

그의 행색은 보름 전 당가에 있었을 때와는 사뭇 달랐다.

그간의 숨 막히는 추격전을 대신 말해주듯 머리카락과 의복이 모두 흐트러져 있었다.

뿐만 아니라 매우 지쳐 보이기까지 했다.

그리고 그것은 다른 두 사람도 마찬가지였다.

서목은 나무 위에 올라가 사방을 살폈다.

눈과 귀, 온몸의 감각을 모두 동원했다.

하지만 이내 보인 그의 표정은 그리 밝지 못했다.

"안개가 심하군. 찾아내기 쉽지 않겠어."

서목이 다시 아래로 내려오자 역시 안개를 주목하던 종성 또한 눈살을 찌푸렸다.

"이런 안개는 정말 처음이군그래. 어떻게 점점 더 짙어질 수가 있지?"

"이걸 노리고 놈이 이곳으로 숨어든 것이겠지."

군명이 턱을 주억거리며 대꾸했다. 그는 다시 서목을 바라보며 입을 열었다.

"이대로 있다간 놈을 완전히 놓치게 되는 것 아닌가? 무슨 수를 써야 하지 않을까?"

"으음."

서목은 고민했다.

광령문의 율사가 되어 문주를 보필한 이후 이처럼 고민한 적은 처음이다.

그만큼 마지막 하나 남은 광독인을 처치하는 것이 까다롭다는 뜻이었다.

자신들이 그를 추격하고 있다곤 하나 단순한 추격은 아니었다.

추격 목표에 대한 부담이 크다.

자칫하다간 큰 낭패를 볼 수도 있다. 지금 자신들이 추격하는 광독인은 그런 존재였다.

때문에 함부로 움직일 수 없었다. 한순간의 방심으로 놈의 발톱에 큰 상처를 입을 수 있는 것이다.

더구나 한 치 앞도 분간할 수 없는 이런 안개 속이라면 더욱…….

'놈은 본래부터 싸움에 이골이 난 자임이 분명하다. 그런 자가 광독인이 되어 모든 능력과 감각이 극대화된 것이겠지. 거기다가 치명적인 독기까지 품고 있으니…….'

서목의 고민은 쉽게 끝나지 않았다.

이에 기다리지 못한 군명이 재차 말했다.

"뾰족한 방도가 없다면 정공법이 어떻겠나?"

"그야말로 최후의 선택이라 할 수 있겠지."

종성이 낮게 대꾸했다. 그는 다시금 주위를 둘러보며 말을 이었다.

"어두워지고 있군. 더 지체하다간 정공법마저 무용이 될 수가 있네."

그의 말에 모두가 공감했다.

처음 광독인을 상대할 때였다면 생각지도 못할 일이다.

하지만 지난 보름 동안 놈을 겪어본 세 사람은 현실을 인정하지 않을 수 없었다.

광령문의 율사들인 자신들마저 긴장시키는 존재가 바로 지금 쫓고 있는 광독인인 것이다.

서목은 잠시 더 침묵했다. 이번엔 나머지 두 사람도 묵묵히 기다렸다.

이내 서목의 입이 열렸다.

"불을 놓게."

"불을… 말인가?"

두 사람이 의문 띤 시선으로 그를 바라봤다.

"지금부터 이 지역 전체에 불을 놓을 걸세."

"전체에 말인가? 이 안개에… 가능하겠나? 불도 잘 붙지 않을뿐더러 전체에 불을 놓으려면 적지 않은 시간이 걸리네. 그 사이에 놈이 틈을 보아 달아나기라도 하면 어쩔 텐가?"

"우리가 지쳤듯이 놈도 지쳐 있을 걸세. 어쩌면 우리보다 심각할지도 모르지. 쉽게 달아날 수 없을 거야."

"불을 피워 놈을 가두려는 생각인가?"

"그렇게 된다면 더할 나위 없겠지. 하나 본디 목적은 조금이라도 시야를 확보하기 위함이네."

"불빛을 통해서 말인가?"

"적어도 지금보다는 두 배 이상 시야를 확보할 수 있을 거야. 시작하지!"

서목의 지시와 동시에 세 사람은 즉각 흩어졌다.

"서로 오 장 이상의 간격은 두지 않도록 하게! 놈의 표적이 될 수 있으니!"

"그러지!"

셋은 바삐 움직였다.

그들의 손이 스치는 곳마다 불꽃이 일었다.

반 각도 안 되어 주변의 절반 이상 되는 곳에 불길이 치솟았다.

그것은 뿌연 안개와 뒤섞여 사방을 붉은 빛으로 물들였다.

"한데 이상하지 않나?"

잠시 주위를 둘러본 종성이 고개를 갸웃거렸다.

"아직까지 놈의 움직임이 전혀 없군."

"그러게 말이야. 이쯤 되면 뭔가 반응이 있어야 하지 않나?"

군명 또한 동작을 멈추며 말했다.

이에 서목은 침착한 어조로 대꾸했다.

"어차피 시야 확보를 위한 것이니, 불을 놓았다고 하여 크게 달라질 것은 없네. 놈도 그것을 알고 있을 터, 섣불리 움직임을 보일 리가 없겠지. 불길이 모두 번지면 그때부터는 시간 싸움이야."

"먼저 지치는 쪽이 진다는 뜻인가?"

서목은 고개를 끄덕이며 재차 지시를 내렸다.

"나는 이곳을 맡을 테니, 자네들은 좌우를 맡도록 해."

"놈을 끌어낼 생각이군."

"놈이 먼저 움직이게 해야 우리에게 더욱 승산이 있을 테니까."

"뭔가 그럼? 우리더러 미끼 노릇을 하란 말이야?"

군명이 투덜거리며 말하자 서목은 손가락으로 좌우를 가리켰다.

"알았으면 서둘러!"

"쳇! 이게 대체 무슨 꼴이란 말인가!"

군명과 종성이 각자의 위치로 사라지자 주변은 곧 적막에 휩싸였다.

타탁! 탁······!

깊은 고요 속에서 타들어가는 수풀이 비명을 질러댔다.

그렇게 시간은 흘러갔다.

어둠이 짙게 내려앉았지만, 주변은 이미 사방으로 번진 불길로 인해 환했다.

세 사람이 서 있는 곳에도 어김없이 불이 옮겨붙었다. 하지만 그들의 몸을 조금이라도 해할 수는 없었다.

'언제까지 버틸 것이냐!'

서목은 두 눈을 부릅뜨고 불길 속을 주시했다.

놈이 화염 속에서도 무사할 수 있을지는 확실치 않다.

하지만 놈도 육신을 갖고 있으니 열기를 온전히 견뎌내지는 못할 것이다.

그리고 그것은 자신들도 마찬가지였다. 광기를 이용하여 열기를 차단하는 것도 한계가 있었다.

'더 이상 문주님을 실망시켜 드릴 수는 없다! 여기서 끝낸다!'

스스로 생각해도 어처구니가 없지만, 서목은 이 순간 죽음을 각오했다.

우습게 생각한 일이 이 지경까지 이르렀다.

광독인으로 인한 세 문파의 피해가 대체 얼마인가!

광독인은 진정 광령문에나 다른 두 문파에나 생각지 못한 중대한 변수가 아닐 수 없었다.

그때였다,

'음?!'

멀리 떨어진 군명의 신형이 급격히 허공으로 떠오르는 모습이 보였다.

순간 두 개의 빛줄기가 그곳을 향해 뻗어나갔다.

꽝!

폭발음과 동시에 불꽃이 사방으로 비산했다.

"군명! 괜찮나?"

허공에서 군명의 몸을 붙든 종성이 다급히 물었다.

"큭! 나를 노리다니, 제대로 당했군!"

군명은 서 있기도 버거운 듯 비틀거렸다.

그의 고통에 찬 얼굴은 어느새 검게 변해 있었다.

"중독된 것인가?"

"그런 것 같네."

그렇게 말하며 군명은 자신에게서 종성을 떼어놓았다.

"난 움직이기 어려우니 자넨 어서 목을 따라가게! 목 혼자 감당하기 어려울 수도 있네!"

"그게 무슨 말인가?"

"놈은 그대로네."

"……?"

"전혀 지치지 않았다는 말이야!"

"그런 말도 안 되는……? 정말인가?"

"내가 당한 것이 단순히 기습 때문으로 보이나? 아니야! 놈의 위력에 당한 것이네! 놈은 그대로, 아니, 오히려 전보다 더 강해지고 있어!"

"어떻게 그럴 수가 있단……!"

"시간이 없네! 어서 목을 따라가게! 어서!"

"알았네! 속히 독기를 몰아내게!"

종성은 곧 불길 너머로 사라졌다. 서목이 당정효를 쫓아 날아간 쪽이었다.

홀로 남은 군명은 그대로 불길 밖으로 벗어나 바닥에 주저앉았다.

그의 몸에 서기가 어렸다. 그리고 곧 온몸에서 검은 독기가 스멀스멀 피어오르기 시작했다.

당정효를 쫓은 서목은 깊은 절곡으로 들어섰다.

곳곳에 솟은 바위로 인해 사물을 분간하기가 쉽지 않은 곳이었다.

'자취를 감추는 놈의 능력이 높아졌다!'

서목은 직감적으로 그것을 알았다.

처음 당정효와 상대한 보름 전까지만 해도 독기를 감추는 능력이 이와 같지 않았다. 그렇기에 이제껏 쫓을 수 있었던 것이다.

하지만 어제오늘은 달랐다. 기운이 거의 느껴지지 않는다.

이제는 당정효가 움직여야만 확실히 종적을 파악할 수 있는 지경에 이르렀다.

더욱 긴장하지 않을 수 없는 이유다.

서목은 이곳에 있는 암봉들을 모조리 날려 버릴지도 생각했다. 하나 곧 그만두었다.

그러기엔 힘의 소모가 너무 컸다. 자칫 반격당할 수도 있었다.

그는 생각을 바꾸고 더욱 높은 곳으로 신형을 띄웠다.

주변의 절곡이 한눈에 내려다보이는 높이에 멈춰선 그는 집중하여 아래를 주시했다.

그렇게 다시 지루한 기다림이 시작되었다.

그사이 뒤쫓아온 종성이 곁에 다다랐지만 이에 신경 쓸 여력 따윈 없었다.

종성도 서목의 의도를 간파하고 묵묵히 그와 행동을 같이 했다.

다시 얼마간의 시간이 지났다.

절곡에선 여전히 아무런 움직임이 잡히지 않았다.

그런데 어느 순간 서목의 시선이 절곡을 벗어나 그의 옆을 향했다.

'……?!'

그는 두 눈을 부릅뜨며 움찔했다.

저 먼 곳에서부터 몰려오는 희뿌연 안개!

아니다, 그것은 구름이었다.

한 조각 구름이 하늘에 떠올라 절곡 위로 다가오고 있었다.

"…저게 대체 뭔가?"

놀란 종성 역시 입을 다물지 못했다.

평범한 구름이 아니었다. 그것은 다른 구름들이 향하는 방향과 역행하고 있었다.

"사람이군!"

서목은 눈살을 찌푸렸다. 저것이 아군이 아니란 것은 본능적으로 알 수 있었다.

그리고 저것의 정체가 무엇인지 어느 정도 짐작이 갔다. 저렇듯 구름을 몰고 다닐 수 있는 곳은 이 세상에 단 한 곳밖에는 없다.

'하지만 왜 지금 이곳에……?'

그사이 구름이 그들의 지척에 이르렀다.

가까이에서 보니 작지 않은 구름이었다. 절곡 전체를 덮고도 남을 만한 크기였다.

구름은 가만히 있지 않고 작아졌다 커졌다를 반복했다. 마치 생명이 있는 듯 꿈틀꿈틀 거렸다.

하지만 정작 서목이 보고 있는 것은 구름이 아니었다. 그는 그 안에 있는 누군가에게 시선을 고정시키고 있었다.

그때 구름 속에서 낮고 또렷한 음성이 흘러나왔다.

"광령문주가 보낸 자들인가?"

서목은 음성의 주인공이 자신들의 정체를 단번에 파악하자 긴장하지 않을 수 없었다.

"너는 누구냐?"

"장부교."

"장부교?"

서목은 내심 고개를 갸웃거렸다.

'풍령문의 전인이 확실한 듯한데… 하나, 그의 이름은 관우라 하지 않았던가?'

확인을 위해 재차 물었다.

"너는 풍령문의 전인이 아닌가?"

"내가 바로 그다."

자신의 정체를 시인했지만 서목은 여전히 의문을 품을 수밖에 없었다.

하지만 그는 그에 대하여 더 이상 묻지 않았다. 지금 중요한 것은 그것이 아니기 때문이다.

"하면 이곳엔 무슨 일인가?"

"너희를 막기 위해 왔다."

"……?!"

서목의 눈이 가늘어졌다.

"우리를? 너는 광독인을 도우려는 것이냐?"

"그를 쫓지 말고 이만 돌아가라. 그러면 나 역시 너희를 막지 않겠다."

서목은 관우의 얼굴을 응시했다.

머릿속이 복잡했다. 이미 관우와 진무영에 얽힌 사연은 전해 들어 알고 있었다.

분명 행방이 묘연하다 했다.

그런데 갑작스레 자신 앞에 나타난 것이다. 어찌 대처해야 할지 쉽게 판단이 서질 않았다.

'이자의 행방은 문주님께서 매우 궁금해하시는 일이다. 이자를 만난 것을 속히 알려드려야 한다. 하지만 광독인을 완전히 제거하는 것 또한 문주님의 명. 으음, 어찌해야 하는가?'

가장 좋은 방법은 이 자리에서 관우를 제압하고 마지막 광독인까지 제거한 후, 관우를 데리고 진신극에게 돌아가는 것이다.

하지만 그럴 수 없다는 것을 그의 감각이 말하고 있었다.

관우를 둘러싼 구름은 당장에라도 폭발할 듯 꿈틀거리고 있었다. 그 안에서 느껴지는 막대한 기세는 난생 처음 대하는 것이었다.

만일 저것이 자신을 덮쳐 온다면 속수무책으로 당할 수밖에 없으리라.

'이자는 우리가 상대할 수 있는 자가 아니다! 아니, 어쩌면 그 누구도……. 음, 문주님께선 이자를 어찌할 생각이신가?'

그의 갈등을 알기라도 하듯 관우는 그를 재촉했다.

"돌아가서 광령문주에게 일러라. 너희가 쫓는 광독인은 앞으로 내 수중에 둘 터, 더 이상 광독인으로 인해 광령문이 피해를 보는 일은 없을 거라고."

"……?!"

"다시 말한다. 돌아가라."

관우의 음성에서 항거할 수 없는 힘이 느껴졌다.

서목은 침묵을 깨고 조심스럽게 입술을 열었다.

"무슨 까닭으로 놈을 보호하려는 것이냐?"

"그것은 너희가 알 바 아니다."

"그럼 다시 묻겠다. 왜 우리를 보내주는 것이냐?"

"너희를 해칠 이유가 없기 때문이다. 이대로 돌아만 간다면……."

"으음."

서목은 도무지 관우의 속을 알 수 없었다.

풍령문의 전인이 광령문도를 만났다.

그것만으로도 자신들을 해할 충분한 이유가 되는 것이다. 아니, 이유를 떠나 무조건 제거함이 당연했다. 그것이 수천 년 전부터 이어져 내려온 일이었다.

그런데 해칠 이유가 없다니?

머릿속의 혼란은 가중되었다.

관우가 내뱉은 말의 진위 여부를 떠나 이것은 그 자체로 놀라운 상황이었다.

바로 그때였다,

'음……?!'

슬쩍 시선을 아래로 떨어뜨린 서목의 눈에 뭔가가 움직이는 것이 보였다.

'놈이다!'

그는 감응을 통해 종성에게 신호를 보냈다. 마침 그와 동시에 당정효의 종적을 찾아낸 종성이 빛으로 화해 아래로 떨어져 내렸다.

하지만 그 순간,

"크윽!"

신음과 함께 빛이 사그라졌다.

종성은 꽁꽁 묶인 채로 허공에 멈춰 섰다. 그를 묶은 것은 다름 아닌 구름이었다.

'이건……! 볼 수조차 없다니!'

서목은 차원이 다른 관우의 힘을 확인하곤 혀를 내둘렀다.

그는 흔들리는 눈으로 관우로 바라봤다. 관우의 눈은 여전히 그를 향하고 있었다.

"마지막 기회다. 돌아가라."

서목은 감히 대꾸할 수 없었다.

더 이상의 반항은 죽음이었다.

"알겠다."

그의 말이 떨어짐과 동시에 종성의 몸을 죄고 있던 것이 연기처럼 사라졌다.

"목! 정녕 이대로 가려는 것인가?"

종성이 서목을 향해 크게 외쳤다.

이에 서목은 관우를 가만히 응시하며 대답했다.

"임무를 완수하지 못하고 돌아가는 것보다 이자와 만난 일을 알리지 못하는 것이 어쩌면 더 큰 잘못일 것만 같아서 말이야."

그는 그 말을 끝으로 그 자리를 떠났다.

종성 또한 뒤이어 사라지자, 관우는 비로소 시선을 아래로 돌렸다.

거기엔 아무것도 보이지 않았다. 이미 당정효는 절곡을 빠져나간 뒤였다.

하지만 관우는 조금의 망설임 없이 서쪽으로 방향을 잡았다.

사라진 당정효를 찾는 일은 관우에게 그리 어려운 일이 아니었다.

절곡을 떠난 관우가 다시 모습을 드러낸 곳은 커다란 습지였다.

몸에 두르고 있던 구름은 보이지 않았다. 대신 관우가 서 있는 공간에 희미한 왜곡 현상이 나타나고 있었다.

관우는 풍령을 통해 전해져 오는 주변의 온기에 마음을 집중했다.

잠시 후 습지가 내뿜는 열과 다른 이질적인 것이 감지되었다. 당정효였다.

독기는 감출 수 있어도 체온은 감출 수 없다.

비록 광독인이 되어 보통 인간과 다르다곤 하나, 살아 있기에 여전히 체온을 가지고 있을 수밖에 없는 것이다.

관우의 신형이 서서히 아래로 떨어져 내렸다. 습지 한편에 위치한 작은 늪이었다.

늪에는 키가 작은 수풀이 잔뜩 덮여 있었다.

늪 가장자리에 내려선 관우는 수풀 사이로 보이는 웅덩이를 가만히 바라보았다.

웅덩이는 잔잔했다.

시커먼 그것을 보고 있자니 마치 천 길 심연 속을 들여다보는 듯했다. 분명 얕은 곳임에도 말이다.

그러던 어느 순간 관우의 손이 웅덩이를 향해 한차례 움직였다.

촤아악!

고여 있던 물이 한곳으로 몰리더니 이내 허공으로 비산했다.

덮여 있던 수풀마저 모두 사라지자 순식간에 늪의 바닥이 훤히 드러났다.

그리고 관우는 비로소 그곳에 엎드려 있던 당정효와 마주할 수 있었다.

"으으으……!"

당정효는 관우를 확인하곤 천천히 신형을 일으켰다. 관절을 사용하지 않고 그대로 몸을 세우는 모습은 충분히 섬뜩한 장면이었다.

"나를 알아보시겠습니까?"

"크으……!"

관우는 물은 것을 후회했다. 당정효로부터 막대한 독기가 한꺼번에 뿜어져 나왔다.

'이미 모든 이지를 상실한 것인가?'

독기로 가득 찬 당정효의 눈빛은 이미 사람의 것이 아니었다. 거기엔 자신을 향한 경계와 위협만이 떠올라 있었다.

'하면 어쩔 수 없구나.'

관우는 그를 제압하기로 결심했다.

그리고 당하연에게로 갈 것이다. 그게 관우가 이곳에 온 목적이었다.

또한 이것이 그녀를 위해 자신이 할 수 있는 마지막 일이었다.

'온전한 상태로 돌릴 수 있으면 좋으련만……'

"크아아!"

당정효가 맹수처럼 포효했다.

독기가 사방에 뻗쳤고, 모든 살아 있는 것이 까맣게 스러졌다.

이를 본 관우의 두 눈이 가늘어졌다.

'이렇게나 강했었나?'

예상 밖이었다.

이 정도라면 굳이 자신이 나서지 않았어도 뒤를 쫓던 광령문도 둘에게 당하지 않았을지도 모른다는 생각이 들었다.

하지만 제아무리 강한 독기라도 공간을 완벽히 차단하고 있는 풍령을 뚫지는 못한다.

이를 느꼈는지 당정효의 포효와 움직임이 더욱 거세지기 시작했다.

"끄워워워……!"

사방으로 퍼져 있던 독기가 한 곳으로 모여들었다. 관우와 당정효의 중간 지점이었다.

'뚫어볼 생각인가?'

관우는 당정효의 의도를 직감했다. 그러나 그뿐, 그의 행동을 잠잠히 지켜보기만 했다.

순간 뭉친 독기가 폭발하듯 밀려들었다.

관우는 눈앞이 컴컴해지는 것을 보았다. 독기는 그대로 관우를 집어삼켰다.

스슥! 스슥! 스사삭……!

기이한 마찰음이 사방을 진동시켰다.

독기는 어떻게든 관우를 감싼 풍령을 뚫고 들어가려 몸부림쳤다.

"크아아아……!"

독기의 꿈틀거림이 더욱 거세지더니, 급기야 폭음까지 들리기 시작했다.

꽝! 쿠르릉……!

그럼에도 관우는 요지부동이었다. 가만히 당정효가 공격하는 모습을 지켜볼 뿐이었다.

그러던 어느 순간 관우의 몸이 움직이더니 조금씩 당정효를 향해 나아가기 시작했다.

당정효의 얼굴에 당황한 표정이 떠올랐다.

"캬악! 캬아악!"

다급해진 그는 정신없이 양손을 휘저었다.

하지만 그럴 때마다 독기는 풍령에 부딪쳐 튕겨 나갈 뿐이었다.

사락……!

들려진 관우의 손.

그 끝을 따라 길게 공간이 이지러졌다.

그것이 당정효의 입속으로 빨려 들어간 것은 순식간에 벌어진 일이었다.

"꿰어억! 우어어억……!"

목을 움켜쥔 당정효가 고통에 찬 괴성을 질러댔다.

그가 뿜어낸 독기가 점점 흩어졌다. 독기가 완전히 사라졌을 때엔 그의 몸이 허공에서 허우적거리고 있었다.

그때 관우의 손이 다시 한 번 움직였다.

"캬악!"

마지막 발악을 하듯 괴음을 토한 당정효의 움직임이 곧 잦아들었다.

정신을 잃은 그의 몸이 허공에 뜬 채 바로 섰다.

관우는 정신을 집중했다.

그리고 잠시 후 관우는 놀라움을 감추지 못했다.

'으음! 이럴 수가!'

지금 관우는 풍령을 통해 당정효의 내부를 샅샅이 살펴보고 있는 중이었다.

'영은 있으되, 혼은 거의 몸을 떠났다!'

막대한 양의 독기를 견디지 못한 당정효의 혼은 한 자락 끝을 제외하곤 모두 몸 밖으로 나온 상태였다.

몸 안에 있는 독기의 근원이 점점 커지고 있어 혼이 완전히 떠나는 것은 시간문제였다.

'어려울 수도 있겠구나!'

관우는 입술을 깨물며 풍령을 조종했다.

가장 확실한 방법은 독기의 근원을 파괴하는 것이었다. 그러면 떠나려던 혼이 다시 돌아오고, 잃어버린 이지를 되찾을 수 있을 것이다.

하지만 지금 당장은 위험했다. 오래 걸릴뿐더러, 잘못하다가는 목숨을 잃을 수도 있기 때문이다.

하여 관우는 일단 독기의 근원을 풍령으로 완전히 차단하는 방법을 택했다.

그런 뒤 떠나려는 혼의 끝자락을 단단히 붙들었다.

풍령의 힘에 놀란 당정효의 혼이 거세게 저항하며 빠져나가려 했다.

하지만 풍령이 부드럽게 주변을 감싸자 조금씩 경계를 풀며 잠잠해지기 시작했다.

그렇게 풍령은 당정효의 혼을 서서히 몸 안으로 다시 끌어들였다.

아이를 달래듯 살며시, 조심스럽게.

'좋다. 이대로 조금만 더……!'

혼을 반쯤 몸 안으로 끌어들였을 때였다.

잘 끌려오던 당정효의 혼이 다시 용을 쓰며 저항했다.

이에 관우는 풍령의 힘을 배가시키려 했다가 그만두었다. 억지로 될 일이 아님을 이미 알았기 때문이다.

대신 관우는 더욱 온유함을 담아 당정효의 혼을 달랬다.

그러나 헛수고였다. 당정효의 혼은 다시 잠잠해지기는커녕 처음처럼 마구 요동치기 시작했다.

이유를 알 수 없어 당황한 관우는 이내 한 가지를 알아차릴 수 있었다.

자신이 독기의 근원은 차단하고 있었지만, 이미 당정효의 몸 전체에 깃든 독기는 고스란히 남아 있다는 사실을.

그것은 풍령으로서도 어찌할 수 없었다. 육신이 재생되지 않는 한은 말이다.

'방도가 없겠구나! 이것이 한계다!'

관우는 내심 탄식했다.

반쯤 들어왔던 당정효의 혼은 다시 오분지 일만 남기고 몸 밖으로 빠져나갔다.

관우는 황급히 남은 부분을 붙들고 풍령으로 그것을 단단히 묶었다. 이렇게라도 시간을 벌어보기 위해서였다.

'결정은 연 매에게 맡겨야 하겠구나.'

당정효에게서 손을 거두자 풍령이 관우와 당정효를 동시에 감쌌다.

허공으로 들려진 두 사람은 이내 한 줄기 바람이 되어 자취를 감춰 버렸다.

第四十七章
선택(選擇)

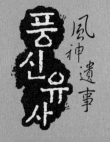

風神遺事

위탕복은 새벽부터 동굴에서 나와 숲을 거닐었다.

사실 그는 이곳에 온 이후부터 다른 자들과는 조금 다르게 생활했다.

소광특 등이 새로운 무공을 익히느라 열심인 반면, 그는 그들이 익힐 초의분심공과 만유반야대선공의 핵심적인 묘리들을 파헤치는 데 도움을 줬을 뿐이었다.

그리고 이제 그 일마저 모두 끝난 지금은 딱히 할 일이 없는 처지였다. 그저 할 일이라곤 언제 올지 모르는 관우를 기다리는 것이 다였다.

하지만 오늘 그가 숲을 거니는 이유는 어제까지와는 달

랐다.

간밤에 그는 오랜만에 꿈을 꾸었다. 그립고 그립던 독수리를 드디어 볼 수 있었다.

하여 그는 확신했다. 바로 오늘 관우가 이곳으로 올 것임을 말이다.

그런데 왠지 기다리는 그의 표정이 썩 밝지가 않았다.

꿈이 그리 유쾌하지 않았기 때문이다.

무엇을 뜻하는지 정확하게 알 수는 없지만, 좋지 않다는 것만큼은 확실히 알 수 있었다.

'부디 최악의 경우가 아니기만을 바랄 뿐……'

그때였다,

"위 참모."

"……?!"

위탕복은 갑자기 들려온 익숙한 음성에 화들짝 놀랐다.

황급히 고개를 돌리자 관우의 얼굴이 보였다.

"이제야 오셨군요."

드디어 만나게 된 관우의 모습은 왠지 낯설었다. 눈에 띌 만큼 수척해진 데다가 두 눈마저 보이지 않았다.

무엇보다 풍기는 분위기부터가 전과는 달라져 있었다. 한눈에 그동안 관우가 겪었을 곡절이 얼마나 심했을지 짐작이 갔다.

"내가 올 줄 알고 있었던가?"

"제게 있는 재주가 그것뿐인지라……."

위탕복은 웃었다. 작게 실룩이는 그의 볼살을 보며 관우는 자신을 향한 위탕복의 마음을 읽을 수 있었다. 그것은 반가움과 측은함, 그리고 염려가 뒤섞인 복잡한 것이었다.

"다시 뵙게 되어 기쁩니다."

"나도 그렇네."

"모진 간고를 겪으셨군요."

"위 참모야말로 나 없이 모든 일을 감당하느라 고생이 많았군."

"……."

"……."

둘은 그렇게 한동안 서로를 바라보며 말이 없었다. 하지만 그것만으로도 서로의 마음을 확인하는 데는 부족함이 없었다.

"이제 돌아오신 겁니까?"

위탕복이 먼저 입을 열었다. 그의 표정은 그 어느 때보다 진중했다.

사실 질문이 잘못되었다. 관우는 이미 돌아왔기 때문이다. 그러나 관우는 그가 무엇을 묻는 것인지 알고 있었다.

"자네가 본 것은 어디까지인가?"

"저는 하늘이 독수리에게 정한 길이 아니면 볼 수 없습니다."

"하면 이미 모든 것을 보았겠군."

"……!"

위탕복의 얼굴에 깊은 그늘이 드리워졌다.

"정녕 사명을 저버리기로 작정하신 겁니까?"

"미안하네. 자네들에겐 큰 실망만을 안겨주었군."

확고부동한 관우의 말에 위탕복은 더 이상 묻기를 포기했다.

그가 침묵하자 관우가 재차 입을 열었다.

"패마와 다른 이들에겐 자네가 대신 말을 전해주겠나?"

"다른 사람은 몰라도 포랍은 단주님을 죽이려 들 겁니다."

"그에게 그럴 능력이 있었으면 좋겠군."

"……."

위탕복은 다시 입을 다물었다. 관우의 대답에서 깊은 탄식이 느껴졌기 때문이다.

마치 누군가 자신을 죽여주길 바라는 것 같은…….

'선택의 여지가 없었던 것인가? 반드시 어느 하나를 버려야만 하는?'

그가 생각에 잠길 때 관우의 음성이 재차 들려왔다.

"연 매에게 내가 왔다고 전해주게."

"어디로 보내 드리면 됩니까?"

"처음으로 그녀의 눈물을 본 곳… 이라고 하면 알겠지."

"알겠습니다. 한데 당 소저에 관한 일은 모두 알고 계신 겁니까?"

"알고 있네."

"그녀의 부친에 관한 일도요?"

"그분은 지금 내가 모시고 있네."

"……?!"

위탕복은 크게 놀랐으나 이내 고개를 끄덕였다.

직접 확인하진 못했으나, 관우는 이미 풍령의 모든 능력을 얻었을 것이다.

그렇다면 율사들에게 쫓겼던 당정효가 관우의 보호 아래 있는 것도 놀라운 일은 아니었다.

관우는 당하연을 만날 모든 준비를 한 뒤 나타난 것이리라.

"지금 바로 전해 드리지요."

"부탁하네."

그 말을 끝으로 관우는 그의 시야에서 사라졌다.

눈 한 번 깜짝할 틈조차 되지 않는 순간에 관우의 모습이 보이지 않자, 위탕복은 마치 지금껏 뭔가에 홀린 듯한 착각이 들었다.

'하늘이 저와 같은 능력을 거저 주었을 리는 없을 터…….'

하늘을 우러르는 그의 눈빛은 깊고 아련했다.

*   *   *

땅거미가 내리고 있었다.

구릉 아래로 보이는 성도의 전경이 점점 흐릿해졌다.

관우는 멀리서 누군가 이곳을 향해 빠르게 다가오는 것을 느꼈다. 당하연이었다.

그녀가 당도하기 전, 다시 한 번 곁에 있는 당정효를 살폈다.

그는 여전히 정신을 잃은 상태로 허공에 뉘여 있었다.

이제 시간이 얼마 없었다. 풍령의 힘으로 간신히 혼을 묶어 두고 있긴 하나, 그것도 한계에 다다랐다.

당정효의 몸은 집으로 치면 이미 썩은 집이었다, 단 한시라도 사람이 살 수 없는.

그러한 몸에 혼이 머물기를 기대할 수는 없는 노릇이었다.

"오라버니!"

당하연의 음성이 귓전을 파고들었다. 그녀는 헐떡이는 숨을 고를 생각도 않고 관우를 향해 달려들었다.

그러던 어느 순간 그녀는 갑자기 걸음을 멈췄다.

"오… 오라버니?!"

관우의 몰골을 확인한 그녀는 크게 놀라며 떨리는 음성으로 물었다.

"그 얼굴……?"

"연 매, 놀라지마. 괜찮아."

"어쩌다가 눈을……?"

어느새 다가선 당하연은 관우의 상처를 어루만지며 눈물을 떨궜다.

자신만큼이나 고통을 당했을 관우를 생각하니 가슴이 먹먹했다.

관우는 손을 들어 그녀의 얼굴에 흐른 눈물을 닦아주고 싶은 욕구를 간신히 참았다.

"울지 마. 난 괜찮으니까."

그녀의 손끝의 감촉이 느껴졌다. 이렇게 다시 그녀와 대면할 수 있다는 게 꿈만 같았다.

당하연은 그대로 관우의 품에 얼굴을 파묻은 채 흐느꼈다.

아무 말도 하지 못하고 울기만 하는 그녀를 보며 관우의 마음은 돌덩이를 올려놓은 듯 무거워졌다.

'가엾은……! 그동안 혼자서 얼마나 괴로웠을지!'

관우는 절로 들려지는 자신을 팔을 입술을 깨물며 다시 내려놓았다.

'서로가 더욱 힘들 뿐이다!'

그렇게 관우는 그녀에게 자신의 품을 맡긴 채 마음으로 울었다.

당하연의 울음이 거의 잦아들 때쯤, 관우는 그녀의 몸을 살며시 떼어놓았다.

"미안해."

"아니. 미안할 거 없어. 이렇게 왔으니까."

고개를 젓는 당하연의 모습에 관우는 하마터면 울컥할 뻔했다.

욕을 하고 원망을 해야 마땅함에도 그녀는 마치 길을 잃었다가 엄마를 만난 어린 아이처럼 자신을 대했다.

그만큼 두려웠던 것이리라, 그만큼 자신이 그리웠던 것이리라!

관우는 당하연을 위해 더욱 모질게 마음을 먹어야겠다고 생각했다.

그리고 무엇보다 이렇게 감상에 젖어 있기엔 시간이 부족했다.

"연 매, 먼저 여기를 봐."

관우는 울먹이는 그녀의 신형을 돌려세웠다.

"아! 아버지?!"

그제야 허공에 떠 있는 당정효를 확인한 당하연이 몸을 움찔거렸다.

"어떻게 아버지가 여기에 계신 거지?"

"내가 이곳으로 모셔왔어."

"오라버니가? 어떻게?"

"그건 중요한 게 아니야. 연 매, 지금부터 내 말을 잘 들어."

"……?"

"연 매의 아버지께선 이미 독기가 혼령에까지 치밀어 돌이킬 수 없는 지경에 이르셨어. 이대로 두면 혼이 완전히 빠져나가 이성을 상실한 존재가 되고 말 거야."

관우의 말을 들은 당하연은 그리 크게 놀라지 않았다. 당정효의 상태에 관하여는 이미 그녀도 알고 있고, 짐작하고 있었기 때문이다.

"그럼… 오라버니의 힘으로도 고칠 수 없는 거야?"

"이렇게 연 매 앞에 모셔오는 것까지가 내가 할 수 있는 전부야."

"그래……."

당하연은 당정효를 지그시 바라봤다. 깊은 절망이 그녀의 두 눈을 스쳤다.

"그럼, 난 이제 어떻게 해야 하지?"

"잠시뿐이겠지만, 아버지와 이야기를 나누도록 해. 아직 혼이 완전히 떠나신 것은 아니니 어렵게나마 연 매를 알아보실 수 있을 거야."

"마지막이겠지? 이것이……."

관우는 굳이 대답하지 않았다. 대신 풍령을 조종하여 차단하고 있던 독기의 근원의 일부를 개방했다.

그러자 당정효의 몸이 큰 경련을 일으켰고, 그의 전신에서 검은 독기가 안개처럼 피어오르기 시작했다.

이에 관우는 풍령의 힘을 배가시켰다. 독기를 피해 달아나려는 당정효의 혼을 더욱 강한 힘으로 붙들기 위해서였다.

"크아아아악!"

정신을 차린 당정효가 거칠게 포효했다.

하지만 풍령에 사로잡힌 그는 몸을 자유롭게 움직일 수 없었다.

당하연은 그에게 천천히 다가갔다.

그녀의 눈과 당정효의 눈이 허공에서 마주쳤다.

당정효의 울부짖음이 조금씩 잦아들었다.

"아버지……."

당하연이 나지막이 그를 불렀다.

"절 알아보시겠어요? 연아예요, 아버지 딸 연아!"

"으으으……!"

낮게 괴음을 흘리던 당정효.

놀랍게도 이내 천천히 당하연을 향해 손을 내밀었다.

그와 동시에 그의 몸에서 스며 나오던 독기도 더 이상 보이지 않게 되었다.

"아버지!"

당하연은 망설임없이 그의 손을 양손으로 부여잡았다.

딱딱하고 차가운 그의 손에서 온기가 느껴짐은 그녀만의 착각일까?

"아아아……."

당정효는 그의 딸을 향해 뭐라 말하였다. 알아들을 수 없지만 당하연에겐 그것으로도 족했다.

그녀는 눈물을 흘리며 말했다.

"아버지! 아버지를 원망한 저를 용서해 줄 수 있나요? 철없이 굴어서 엄마를 잃은 아버지 마음을 더 아프게 해드린 것, 용서해 주실 수 있어요?"

"으으! 으아아……!"

당하연은 맞잡은 당정효의 손에 힘이 들어가는 것을 느낄 수 있었다.

"고마워요, 아버지! 고마워요! 저는 아버지를 미워하지 않았어요. 제 자신이 너무 미워서, 그걸 견딜 수 없어서 괜히 아버지한테……! 흐윽!"

그녀는 격한 감정에 못 이겨 말을 잇지 못했다. 대신 그녀는 한 발 더 다가가 당정효의 몸을 붙들고 통곡했다.

당정효는 들썩이는 그녀의 등을 어루만졌다.

관우는 그의 표정에서 슬픔을 읽을 수 있었다.

'하지만… 이제 정말 한계에 다다랐다.'

더 이상 당정효의 혼을 억지로 붙들 수 없는 지경에 이르렀다. 더 붙들기엔 혼의 저항이 너무 거셌다.

만일 여기서 풍령의 힘을 더 강화시키면 당정효의 혼은 육신을 아예 폭파시키고 사라져 버릴 수도 있었다.

'이제 선택해야 한다.'

관우는 울고 있는 당하연을 향해 어렵게 입을 열었다.

"연 매……."

하지만 그때였다,

'음?!'

당정효의 기세가 갑자기 돌변했다.

그는 당하연의 등을 보듬고 있던 손을 들어 그대로 아래를 향해 내려쳤다.

"안 돼!"

이를 본 관우는 황급히 개방했던 독기의 근원을 풍령으로 다시 차단했다.

꽝! 그르르릉……!

"으악!"

폭음과 비명이 들리며 구릉의 한 귀퉁이가 무너져 내렸다.

'이건?! 뭔가 잘못됐다!'

관우는 스스로를 자책하며 재빨리 폭발로 튕겨 나간 두 사람을 붙들었다.

그리곤 둘의 상태를 빠르게 살폈다.

"후우……!"

당하연은 무사했다. 하지만 그녀를 안고 있는 당정효의 몰골은 말이 아니었다.

한쪽 팔이 떨어져 나간 것은 물론이고, 어깨부터 가슴에 이르기까지 피륙이 찢겨져 있었다. 모두가 당하연을 지키려다가 얻은 상처였다.

그랬다. 당정효는 처음부터 당하연을 공격하려던 것이 아니라, 땅속에서 꿈틀댄 무언가를 막기 위해 손을 썼던 것이다.

그것을 알아차리지 못하고 오히려 당정효의 힘을 차단한 자신의 미련함에 관우는 내심 가슴을 쳤다. 힘만 차단하지 않았으면 이런 식으로 당하지는 않았으리라.

관우는 당정효와 당하연을 공격한 자들의 위치를 파악했다.

땅속에 숨어 있는 그들의 수는 한둘이 아니었다. 가까이에 있는 자들만도 열 명이 넘었다. 먼 곳에 있는 자들까지 합치면 그 수는 배로 늘어난다.

'지령문!'

관우는 그들의 정체를 단번에 파악했다.

다른 두 문파와 달리 움직임을 전혀 보이지 않던 그들이 드디어 자신 앞에 나타난 것이다.

'하필 지금이라니!'

당하연과의 관계를 조심스럽게 정리하려고 한 이때에 나타난 그들이 몹시도 못 마땅하다.

'왜 나를 가만두지 않는 것이냐! 도대체 왜!'

분노가 들끓었다.

당장에 저들을 한 줌의 흙으로 만들어 버리고 싶은 충동이 치밀었다.

하지만 그때 들려온 당하연의 음성이 관우의 몸과 마음을 붙들었다.

"아버지? 아버지!"

충격에서 벗어난 당하연이 당정효의 상태를 확인하고 크
게 울부짖었다.

"나 때문에! 나 때문에 이렇게……! 흑흑!"

관우는 들끓는 감정을 억눌렀다. 그리고 자신이 서 있는 주
변을 풍령으로 차단했다.

그녀를 이대로 둔 채로 저들과 싸울 순 없었다.

무엇보다 이제 혼이 완전히 떠난 당정효를 어찌할지, 그녀
에게 선택을 할 수 있게 해야 했다.

그때였다.

꽝!

폭음과 함께 공간에 큰 진동이 느껴졌다. 마침내 저들이 본
격적으로 공격을 감행하기 시작한 것이다.

'어쩔 수 없다.'

관우는 그녀에게 선택을 강요할 수밖에 없음을 느끼고 곧
입을 열었다.

"연 매, 이 정도 상처로 연 매의 아버지는 돌아가시지 않
아. 하지만 사신다고 해도 앞으로의 삶은, 더 이상 사람으로
서의 삶이 될 수 없을 거야."

"수많은 사람이 아버지로 인해 희생될 수도 있겠지……."

당하연은 힘없이 말했다.

그녀의 아픔이 고스란히 마음에 전해져 왔다. 이렇게 아파하는 그녀에게 이별을 말해야 한다 생각하니 더욱 마음이 찢어지는 듯하다.

"두 가지 방법이 있어. 이대로 독기의 근원을 차단한 상태로 정신을 잃은 채 살아 계시는 것과 편안히 눈을 감게 해드리는 것…… 선택할 수 있는 사람은 연 매밖에 없어."

"어느 하나도 좋은 것은 없네. 불쌍한 아버지……."

꽝! 꽈광!

폭음은 연이어 들려왔다. 공격의 강도가 점점 거세지고 있었다.

당하연은 말없이 당정효의 얼굴을 바라봤다. 그렇게 긴 침묵이 이어졌다.

관우는 기꺼이 그 시간을 그녀를 위해 지켜주었다. 이것이 그녀를 위해 해줄 수 있는 마지막이었다.

그리고 마침내 그녀의 입이 열렸다.

"아버지는 무엇을 원하실까? 자신을 이렇게까지 만들면서 지키려고 한 가문과 식솔들은 이미 모두 사라져 버렸는데……."

"……."

"오라버니?"

"……?"

"고통은 없으시겠지?"

관우는 말없이 고개를 끄덕였다.

당하연은 후자를 선택했다. 그리고 관우에겐 그 선택이 충격적이지 않았다. 어쩌면 처음부터 예상하고 있었는지도 모른다.

그녀가 천천히 돌아섰다. 자신의 얼굴을 바라보며 입술을 열었다.

"부탁해. 그리고 미안해. 이런 부탁을 하게 돼서."

"······."

부들부들 떠는 그녀의 가녀린 몸을 더 이상은 지켜볼 수가 없다.

결국 당하연의 시선을 외면한 관우는 터질 듯한 가슴을 내심 두드리며 감정을 억눌렀다.

"연 매의 선택으로 연 매의 아버지께선 편안히 쉬실 수 있을 거야."

"오, 오라버니······?"

당하연은 큰 슬픔 가운데서도 당황했다. 지금 보인 관우의 반응은 지독히 낯설었다. 너무나 낯설어서 뜨거웠던 가슴이 단번에 차갑게 식어버릴 정도였다.

관우는 그러한 그녀의 시선 역시 외면했다. 대신 당정효의 얼굴을 바라봤다. 깡마른 그의 얼굴이 왠지 모르게 평온해 보였다.

'연 매를 곁에서 지켜줄 수 없는 저를 부디 용서해 주시기

를……'

속으로 용서를 구한 관우는 이제는 당정효의 생명의 근원이 되어버린 독기의 근원을 풍령의 힘으로 옥죄었다.

스스스……!

순간적인 압력에 분쇄당한 독기의 근원은 이내 풍령에 사로잡혀 당정효의 몸 밖으로 빠져나왔다.

그리고 그와 동시에 당정효의 생명의 기운도 모두 진하여 사라졌다.

그러자 당정효의 몸이 가뭄 중에 갈라진 땅과 같이 균열을 일으키더니 곧 한 줌의 재로 화했다.

관우는 흩어지는 재중 일부를 취해 당하연 앞에 내밀었다.

"간직하겠어?"

"……?!"

당하연은 갈수록 더해지는 충격에 대답할 수 없었다. 눈앞의 관우가 완전히 다른 사람처럼 보였다.

"그래, 이제 와서 별 의미는 없겠지."

작게 읊조린 관우는 쥐고 있던 손을 폈다. 두 사람의 눈앞에서 재가 완전히 사라져 버렸다.

그때였다.

팡! 쿠구궁!

땅이 온통 흔들리기 시작했다.

심상치 않았다. 저들의 힘이 예상한 것보다 훨씬 강했다.

'이대로는 연 매가 위험할 수 있다!'

관우는 서두를 필요성을 느꼈다. 더 이상 망설일 여유가 없었다.

"연 매, 잘 들어."

독하게 마음을 먹을 수밖에 없다.

어차피 당하연과의 인연은 여기서 끝이다. 그것이 자신의 선택이었다.

"미안하지만 여기까지가 내가 연 매에게 해줄 수 있는 전부야."

"……?!"

당하연은 여전히 대꾸가 없었다. 그저 자신에게 이야기하는 관우의 얼굴을 멍하니 바라보고만 있을 뿐이다.

관우는 차마 그 모습을 볼 수 없어 감히 시선을 그녀를 향해 돌리지 못한 채 말을 이었다.

"앞으로 다신 연 매 앞에 나타나지 않을 거야."

"거짓말."

"……?!"

관우는 작게 흘러나온 그녀의 음성에 일순간 흠칫했다. 하지만 다시 한 번 격정을 억누르며 입을 열었다.

"진심이야."

"그럼 날 죽여."

"……!"

"죽이라고, 진심이면."

관우는 자신의 의지와는 상관없이 당하연을 향해 시선을 돌렸다.

그리고 곧 그런 자신을 원망해야만 했다.

그녀와 눈이 마주친 순간 자신의 눈빛은 흔들렸고, 그것을 그녀에게 들켜 버렸던 것이다.

'빌어먹을……!'

독하지 못한 자신에게 화가 났다. 이로써 더욱 힘들게 된 것은 당하연이었다.

하지만 그렇다고 그녀와 헤어진다는 결론이 바뀌는 것은 아니었다. 관우는 더욱 모질게 말을 하기로 결심했다.

"더 이상 연 매를 마음에 품을 수 없어. 아니, 그 무엇도 이젠 내게 아무런 의미가 없어."

"……!"

이번엔 당하연의 눈빛이 흔들렸다.

관우는 진심이었다. 진정으로 자신을 떠날 것임을 그녀는 알 수 있었다.

"이렇게나 잔인한 사람이었어? 오라버니만 편하자고 하필 지금 내 앞에서 그런 말을 해?"

그녀는 울먹이며 원망스런 한마디를 내뱉었다. 그 말이 관우의 가슴에 비수가 되어 꽂혔다.

"좋아. 떠나려면 떠나. 이유가 뭐라도 상관없어. 단, 가려면 날 죽여."

"연 매……."

"내 이름 부르지 마! 어차피 오라버니도 죽을 거잖아! 내가 모를 줄 알았어? 그러니까 나 먼저 죽이고 가란 말이야! 내가 이 상태로 살 거 같아? 내가 어떻게 살아! 어떻게 사냐고! 흐 윽……!"

그녀는 결국 울음을 터뜨렸다. 한 번 터진 눈물은 그치지 않고 흘러내렸다.

관우는 더 이상 뭐라 말할 수 없었다. 그저 그녀의 우는 모습을 안타까운 시선으로 바라만 볼 뿐이었다.

'차라리 끝까지 나타나지 말 것을……!'

후회가 된다. 당하연 앞에 나타나지 않고 그냥 모든 것을 끝냈다면 이렇게 그녀를 괴롭게 하진 않았으리라.

그녀를 찾아온 것은 이기심이었다. 그녀를 향한 그리움과 미안함을 풀기 위해 그녀가 고통당할 것임을 알면서도 애써 무시한 것이다.

콰쾅! 꽈르릉!

땅의 요동이 점점 더 심해졌다. 일부가 컴컴한 아래로 꺼지는 곳도 생겨났다.

순간 놀란 관우는 풍령을 통해 주변을 다시 한 번 샅샅이 살폈다.

계속해서 들려오는 폭음과 굉음 가운데서 잡히는 몇몇의

기운이 있었다.

처음에는 멀리에서 잡히는 기운들이었다. 그것들이 서서히 가까이 다가오고 있었다.

'지령문의 수뇌들이 드디어 움직인 것인가?'

하지만 그것보다 더욱 관우의 신경을 쓰이게 만드는 것이 있었다.

바로 주변에 펼쳐진 땅속에서 느껴지는 기운이었다.

누군가의 기운이 아니라, 땅 자체의 기운이었다. 묵직하면서도 부드럽고, 섬세하면서도 농밀한……

그것이 지금 한 곳을 향하여 기운을 뻗치고 있었다. 바로 자신을 향해서였다.

관우는 어마어마한 기운이 자신을 끌어당기는 것을 느낄 수 있었다. 처음엔 감지할 수 없을 정도로 미미했으나, 이젠 저항하지 않으면 안 될 정도까지 거대해졌다.

'으음! 지령문이 이 정도의 힘을 가지고 있을 줄이야!'

관우는 잠시 모든 걸 접어두기로 결정했다.

'놈들은 작정하고 나를 찾아왔을 터, 일단은 놈들을 상대해야 한다!'

당하연은 여전히 눈물 짖고 있었으나 더 이상은 기다릴 수 없었다.

"연 매, 보다시피 상황이 좋지 않아."

"무슨 상관이야! 어차피 죽을 건데!"

관우는 으스러져라 주먹을 움켜쥐며 그녀의 말을 무시했다.

"잠깐 정신을 잃게 될 거야."

"뭐라, 아?!"

당하연은 채 말을 잇지 못했다.

그녀는 정신을 잃은 채 그대로 관우의 품에 쓰러지듯 안겼다.

관우는 그녀의 눈가에 고인 눈물을 조심스럽게 닦아주었다.

'미안해, 정말⋯⋯.'

더 이상 무슨 말을 할 수 있을까.

이윽고 그녀의 몸은 풍령에게 사로잡혀 허공으로 떠올랐고, 관우는 그대로 그녀를 둔 채 다가오는 기운들을 향해 돌아섰다.

풍령의 보호를 받는 한 당하연은 안전할 것이다. 이제는 놈들을 상대하는 데에만 집중할 차례였다.

안심한 관우는 자세를 바로 하고 아래를 굽어보았다. 땅 전체를 뒤덮은 막대한 기운이 넘실거리고 있었다.

우우우우웅⋯⋯!

관우를 감싸고 있던 막이 폭발하듯 부풀어 올랐다.

이것은 사명과는 상관없는 싸움이었다.

또한 풍령의 온전한 힘으로 싸우는 첫 싸움이기도 했다.

타의가 아닌, 뭔가에 떠밀려서 싸우는 것도 아닌, 순수하게
자신의 의지로 임하는 싸움!

'단 한 놈도 살아 돌아가지 못할 것이다!'

관우의 두 손이 하늘을 향해 번쩍 들렸다.

순간! 전신에서 폭사된 광풍이 사방을 집어삼켰다.

쿠콰콰콰쾅……!

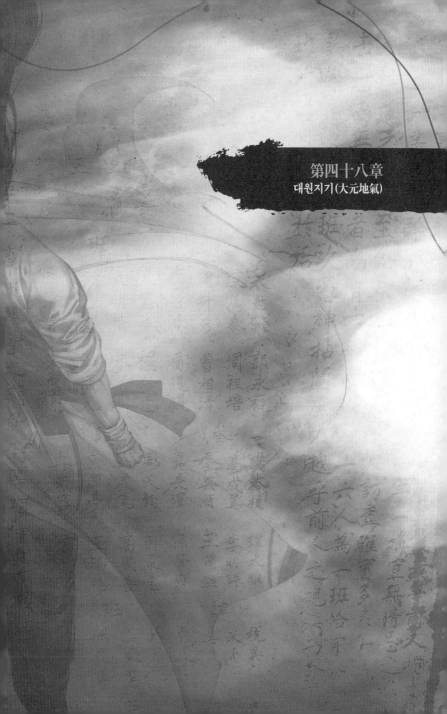

第四十八章
대원지기(大元地氣)

풍신유사 風神遺事

"가공할 힘이다!"

"듣기보다 더 하군!"

"저것이 풍령인가?"

커다란 바위 위.

거대한 폭발을 지켜보고 있는 세 사람의 괴인이 있었다.

그들은 얼핏 보면 바위의 일부로 착각할 만했다. 실제로 그들의 발은 모두 바위와 연결되어 있었다.

피부 또한 돌과 같이 거칠고 단단하다.

그야말로 석상!

후두두두두둑……!

파편이 날아왔다.

광풍의 여세가 그들이 서 있는 곳까지 미쳤다.

"황로, 직접 보니 어떤가?"

삼 인 중 중간에 선 자가 입을 열었다. 그러자 그의 좌측에 선 자가 대답했다.

"확실히 전혀 상상할 수 없을 정도의 대단한 위력이오. 우리가 지금껏 밀탐(密探)한 것은 풍령이 가진 힘의 일부에 불과한 듯하오."

"하면 어렵겠나?"

황로라 불린 자는 고개를 저었다.

"풍령이란 존재를 안 뒤부터 다시 한 번 면밀한 분석과 점검을 하였고, 충분히 승산이 있다는 결론을 얻어 이렇게 본 문이 세상에 모습을 드러냈소. 그리고 그 같은 결론은 여전히 유효하오."

그의 대답에 이번엔 우측에 선 자가 입을 열었다.

"나 역시 황로의 말에 동의하오. 하나 한 가지 염려되는 것은 지금 우리가 본 것 또한 풍령이 가진 힘의 전부가 아닐지도 모른다는 것이오."

"현로, 하면 그대의 말은 만일 풍령이 지금 보인 것보다 더 큰 힘을 지니고 있다면 본 문에겐 승산이 없다는 뜻인가?"

중간에 선 자가 다시 묻자 현로라 불린 자는 짧은 침묵 후 대답했다.

"문주, 우리가 가장 먼저 풍령을 제압하기로 결정한 이유는 그만 사라지면 광문과 수문은 언제든지 본 문의 발아래 무릎 꿇릴 수 있다는 확신이 있었기 때문이오. 그러나 그 같은 확신은 풍령과의 싸움에서 대원지기(大元地氣)가 오 할 이상 손상되지 않고 남아 있다는 가정하에서나 성립될 수 있소."

"본래 예상은 칠 할이 남을 것이라 하였지?"

"하나 지금 본 풍령의 힘이라면 육 할도 장담할 수 없소. 만일 풍령의 힘이 그 이상이고, 대원지기가 오 할 이상 손상된다면 광문과 수문과의 싸움에서 승리를 장담할 수 없을 거요."

"결국 풍령은 해치울 수 있으되, 문제는 그다음이란 말이군."

"그렇소."

"내 생각은 다르오."

황로였다.

그는 서서히 잦아들어 가는 광풍을 바라보며 말했다.

"우리는 대원지기를 과소평가해선 안 되오. 대원지기는 모든 지기의 모태와도 같은 것, 그것이 가진 실제 힘이 어느 정도인지는 아무도 모르오. 단지 우리의 지식으로 한정지을 수 있는 것이 아니란 말이오. 대원지기는 우리가 그것을 깊이 신뢰할수록 더욱 큰 힘을 빌려줄 것이오."

황로와 현로는 이후 입을 닫았다.

그들은 지령문의 제일석로와 제이석로로서 자신들의 생각과 의견을 말했다. 이제 결정은 중간에 선 자가 할 것이다.

그가 명하고 지시하면 그대로 따른다. 그가 바로 지령문의 주인이기 때문이다.

"본 문은 이미 가진 모든 것을 드러냈다."

지령문주가 드디어 입을 열었다.

"이미 광문과 수문도 우리에 관한 모든 것을 알았을 터, 일을 되돌리기엔 늦은 것이 아닌가?"

"……."

황로와 현로는 묵묵히 그의 말을 경청했다.

"암중에 거하는 것은 지금까지로 족하다. 대원지기는 본문이 저들의 눈을 피해 이천 년 동안 숨죽여 준비한 것이다. 우리와 우리의 선조들이 그 기나긴 인고의 세월을 견뎌온 이유는 단 하나, 대원지기가 본 문의 대망을 이루어줄 수 있다는 확신이 있었기 때문이다. 이 확신이 곧 우리를 살게 한 힘이다. 그리고 앞으로도 우리는 그 확신으로 살 것이다."

지령문주의 뜻은 정해졌다. 하지만 두 사람은 고개를 끄덕일 뿐 아무런 기색이 없다.

자신의 뜻이 받아들여진 것에 기뻐하지도, 받아들여지지 않은 것에 상심하지도 않는다.

뜻이 정해졌으니 그대로 따른다. 그 뜻이 옳든 그르든 하나가 되어 움직이는 것이다.

황로와 현로는 곧 내려질 지령문주의 지시를 기다렸다.

"풍령과 대면하겠다."

"함께 가리이까?"

"그와 말을 섞을 수 있는 마지막 기회가 아닌가?"

"알겠소."

"마침 그가 우리를 보고 있군."

"대원지기가 문주와 함께할 것이오."

황로의 말을 끝으로 세 사람은 천천히 움직였다.

바위를 벗어나자 석상이었던 그들은 흙과 같이 변했고, 풀 숲에 들어서자 풀과 같이 변했다.

발을 딛는 모든 곳이 그들과 하나가 되었다.

광풍을 거둔 관우는 두 가지 사실로 인해 놀라움을 감추지 못했다.

우선 풍령의 위력에 놀랐다.

온전한 정신으로 풍령의 힘을 발휘한 것은 처음이었다. 이렇게까지 대단할 줄은 몰랐다. 자신의 몸속에 담긴 풍기와는 진정 차원이 다른 것이었다.

'한데 이러한 힘에도 버텨낸단 말인가?'

또 다른 놀라움이 바로 그것이었다.

땅 위에 뒤덮인 저 기운은 풍령의 힘을 정면에서 받아내고도 그 세가 조금 누그러졌을 뿐, 여전히 거대한 바다와 같이 넘실거리고 있었다.

더욱 놀라운 것은 그 누그러졌던 기세마저 다시금 회복되고 있다는 것이다.

'이것은 운남에서 본 수령문의 환형무벽보다 강하다!'

관우는 예전에 석실에서 읽었던 제세록의 내용을 기억했다.

지령문은 세 문파 중 그 정체가 가장 드러나지 않은 곳이다. 그들은 발흥의 주기 때마다 항상 다른 두 문파의 배후에서 움직였다. 그들이 그런 행동을 하는 이유에 대해서는 아직 정확히 아는 바가 없다. 그러나 그렇다고 그들의 힘이 다른 두 문파에 비해 떨어진다고는 확언할 수 없다.

과연 그랬다.

지금까지 세 문파와 모두 맞닥뜨려 본 관우였다. 그중에 상대하기가 가장 까다롭게 여겨진 곳은 지령문이었다.

그리고 바로 오늘 가장 강한 상대를 만났다. 지령문이 이와 같은 힘을 감추고 있었을 줄은 그 누구도 예상치 못했을 것이다.

'이 힘을 조종하고 있는 자가 있을 것이다.'

주의를 돌린 관우는 잡히는 모든 기를 세세히 살폈다. 그리고 의아함을 느꼈다.

'뭔가 이상하다?'

전체적으로 감지되는 기운들이 미약했다. 각각의 강약 차가 있었으나, 강한 자도 강하다고 말하기에 부족할 정도로 그 감지되는 기운이 미미했다.

관우는 고심했다. 뭔가가 있었다.

그때였다.

'음?!'

유난히도 잘 감지되지 않는 기운 셋을 발견했다.

그들은 거의 잡히지 않을 정도로 다른 그 어떤 기운들보다 약했다. 그러나 어떤 면에선 다른 기운들과는 비교할 수도 없는 막대한 기운을 지니고 있었다.

관우는 곧 그 같이 느껴지는 이유를 알 수 있었다.

기운의 질이 달랐다. 기운을 지닌 자 스스로가 내는 기운은 가장 약했지만, 그들은 다른 기운을 지니고 있었다.

그것은 바로 발아래 바다처럼 넘실거리고 있는 기운이었다.

그들은 완벽에 가까울 정도로 그 기운과 일체가 되어 있었다. 그렇기에 초점을 달리 맞추었던 자신에게 쉽게 감지되지 않았던 것이다.

'저들이군, 이것을 조종하는 자들이.'

관우는 그들을 향해 돌아섰다.

마침 그들이 자신을 향해 걸어오고 있었다. 천천히, 그리고 유유히…….

'땅과 완벽히 하나를 이루는 것이 저들의 힘인가?'

지형에 따라 수시로 변하는 세 사람의 모습을 관우는 흥미롭게 지켜보았다.

관우의 앞에 이르렀을 때 그들은 흙이 되어 있었다. 사람의 얼굴과 몸의 윤곽만이 그들의 존재를 나타냈다.

셋 중 가운데 있는 자에게서 음성이 들려왔다.

"네가 풍령인가?"

"……?!"

관우는 숨이 멎을 정도로 크게 놀랐다.

'어찌 풍령의 존재를……?'

풍령이란 것은 풍령문 내에서만 전해져 왔다. 광령문 등 세 문파는 이에 대하여 전혀 아는 바가 없었다.

그리고 그것은 지금도 마찬가지다. 풍령의 존재를 아는 것은 천문과 군무단, 그리고 당하연이 전부였다.

자신이 풍령문의 전인이란 사실은 이제 모두가 알게 되었다고 해도, 풍령의 존재만큼은 몰라야 하는 것이다.

그런데 지령문의 사람이 나타나 자신더러 대뜸 풍령이라고 물었다. 관우는 자신이 풍령임을 아는 자들 가운데 이들에게 발설한 자가 있을 가능성을 떠올렸다.

하지만 곧 고개를 저었다.

군무단원들과 당하연이 그랬을 리는 만무하고, 가능성이

있다면 천문인데, 그들이 자신에게 그 정도의 악심을 품었을 것이라고 생각되진 않았다.

그렇다면 남은 것은 하나뿐이었다. 자체적으로 풍령이란 존재를 알아냈다는 것……

'하면 어떻게 알아냈을까?'

의문은 커졌다.

그때 관우의 귀에 동일한 음성이 다시 들려왔다.

"놀라운가? 우리가 풍령의 존재를 알고 있는 것이?"

"어찌 알았지?"

관우는 망설임없이 물었다.

"네가 직접 말하는 것을 들었다."

"……!"

"더욱 놀랍나?"

관우는 대꾸를 할 수 없었다. 그의 말 대로였기 때문이다.

'이자의 말이 사실이라면 지령문도들이 지척에 있는 것을 전혀 몰랐다는 말이 아닌가?'

믿기지가 않았다. 자신의 감각, 아니, 정확히 말해 풍령의 감지력을 벗어날 수 있는 능력을 가진 자는 이 세상에 아무도 없을 거라 생각했다.

그만큼 풍령의 감지력은 절대적이었다. 그런데 어떻게 그 것을 피해 자신을 감시할 수 있었단 말인가?

"그 무엇도 풍령에 필적지 못할 거란 믿음이 깨져 당황스러운가 보군?"

"언제부터였나?"

"네가 본 문의 암곤들을 처치했을 때부터 네 일거수일투족을 감시했다."

'장강삼협!'

관우는 진무영으로부터 군무단주로서 임무를 부여받고 당가로 향하던 때를 기억했다.

그때 홀로 배에서 뛰어내려 숨어 있던 지령문도 여섯을 해치웠었다.

'하지만 그때 상대했던 놈들은 내 이목을 벗어나지 못했었다.'

또다시 의문이 들었으나 음성의 주인공은 곧 그것을 해결해 주었다.

"그때 보낸 암곤들은 대원지기와의 합치율이 떨어지는 자들이었다. 그렇기에 너는 풍령의 힘을 온전히 얻지 못했음에도 그들을 수월하게 처치할 수 있었다. 하지만 바로 그때 그곳에 네 모든 행동을 낱낱이 지켜보고 있던 본 문의 사람이 있었음을 너는 몰랐을 것이다."

"하면 지령문의 눈과 귀가 이미 곳곳에 퍼져 있었다는 말인가?"

"물론이다. 땅이 존재하는 곳이라면 어디든지 대원지기를 통해 본 문의 이목을 완벽히 숨길 수 있다."

완벽하다는 그의 말에 관우는 내심 고개를 끄덕일 수밖에 없었다.

풍령의 능력을 온전히 얻은 자신에게조차 들키지 않을 정도라면 결코 과장이 아닌 것이다.

'하면 이미 전 강호는 물론이고, 광령문과 수령문의 근거지도 이들의 이목에 완전히 노출되어 있겠구나.'

관우는 새삼 지령문이 가진 힘을 경계하지 않을 수 없었다.

상대의 모든 것을 파악할 수 있다면 그에 따른 치밀하고도 철저한 준비가 가능해진다.

그리고 이것이 곧 완벽한 승리를 얻는 최고의 방법임은 두말할 나위가 없다.

지령문은 지금 자신의 눈앞에 모습을 드러냈다. 그것은 곧 이미 모든 준비가 끝났다는 것과 같았다.

단순히 싸울 준비가 아니라, 이길 준비 말이다.

관우는 땅에 넘실거리는 기운에 시선을 주었다.

"네가 말한 대원지기란 것이 저것이겠지?"

"그렇다. 모든 지기의 근본이요, 모태인 대원지기이다."

'근본이라……'

관우는 대원지기에 정신을 가만히 집중했다. 그러자 풍령을 통해 그것으로부터 뭔가가 전해져 왔다.

대원지기가 자신을 향해 이렇게 말하는 듯했다. 저항하지 말고 이리로 오라고, 자신과 완전한 하나가 되어 평안을 누리라고…….

그것은 매우 달콤하면서도 나른한 유혹이었다. 하마터면 관우는 그 유혹에 빠져 취한 듯 휘청거릴 뻔했다.

확실히 일반 지기와는 차원이 달랐다.

하지만 그렇다고 자신이 얻은 풍령과 같은 것도 아니었다.

땅의 영, 즉 지령이라면 어떤 매개체 없이 이 세상에 작용할 수 없다.

그런데 저것은 아무런 매개체 없이 스스로를 나타내 보이고 있었다. 즉, 저것의 정체는 기운이란 뜻이었다.

'저것이 정확히 무엇이건 벅찬 상대인 것만은 확실하다!'

관우는 다시금 음성을 발한 자에게 물었다.

"네가 지령문주인가?"

"그렇다."

"내가 풍령임을 알면서도 내 앞에 나타난 것은 대원지기란 것으로 나를 제압할 수 있다고 생각했기 때문인가?"

"착각하고 있구나. 고작 풍령문의 전인을 제압하려고 이천 년이 넘도록 대원지기를 모아온 것이 아니다. 오직 본 문의 대망을 이루기 위해서 대원지기를 모은 것이다. 비록 생각지도 못한 풍령이란 존재가 나타나긴 했지만, 네가 풍령이라고 해도 대원지기를 감당할 순 없다."

"무엇으로 그렇게 확신하지?"

"네 모든 것은 이미 우리에게 낱낱이 파악되어 있다 말하지 않았나? 네가 풍령을 지녔다곤 하지만 여전히 너는 어쩔 수 없는 사람이다. 육신을 가진 사람인 이상 대원지기에 너도 자유로울 수 없다. 제아무리 큰 능력을 행한다고 해도 결국엔 대원지기의 거대한 품으로 네 모든 것이 빨려 들어갈 수밖에 없을 것이다."

그 말을 들은 관우는 냉소했다.

"착각은 너희가 하고 있구나. 너희는 나에 대해 모든 것을 알고 있는 것이 아니다. 만일 너희 말대로 너희가 나의 모든 것을 낱낱이 파악했다면 이처럼 거만하게 내 앞에 나타나지 못했을 것이다."

"그게 무슨 말이냐?"

"너희가 믿는 대원지기가 내 육신은 제어할 수 있을지언정 풍령은 제어할 수 없단 말이다."

"당황하여 허튼소리를 하는 것인가? 마치 너와 풍령이 다른 존재인 것처럼 말하는구나."

"나와 풍령은 하나다. 그러나 풍령은 더 이상 내 육신을 필요로 하지 않는다."

"……?!"

지령문주의 음성이 끊어졌다. 그뿐만 아니라 곁에 있던 두 석로 역시 관우의 말에 적지 않게 당황한 듯했다.

그들은 빠르게 감응을 통해 생각을 주고받았다.

─황로, 그의 말이 무슨 뜻인 것 같나?

―그의 말에 깊이 신경 쓸 필요는 없소. 문주의 말대로 그는 당황하고 있소.

―현로의 생각은 어떤가?

―지금 상황에서 우리를 앞에 두고 그가 허황된 말을 할 리가 없소. 문주, 그의 몸을 감싼 것을 보시오.

―풍령의 기운이 아닌가?

―자세히 살피시오. 뭔가가 이상하오. 대원지기를 통해 느껴지는 풍령의 기운이 아닌 다른 기운이 느껴지는 듯하오.

―음, 현로의 말대로군. 약하긴 하지만 분간할 수 없을 정도로 비슷한 기운이 느껴지는 듯하다. 하면 진정 그와 풍령이 달리 존재한단 말인가?

―그의 말대로라면 존재 자체는 달리하되 둘이 하나로 연결되어 있을 수도 있소.

―만일 그렇다면 대원지기가 그의 육신을 속박한다고 해도 풍령은 어찌할 수 없는 것인가?

―그것은 단언할 수 없소.

―부딪쳐 봐야 안다는 말인가?

―그렇소.

―변수로군.

―중대한 변수요.

―황로, 동의하나?

―또 다른 기운, 즉 그의 육신에 풍령과는 다른 기운이 있

음은 분명하오. 하나 대원지기라면 그의 육신뿐만 아니라 풍령 자체도 얼마든지 속박할 수 있을 거요.

―음.

결론은 났다. 결국은 신뢰의 문제다. 대원지기를 믿느냐, 못 믿느냐.

'대원지기는 우리가 그것을 신뢰하는 만큼 우리에게 힘을 부어줄 것이다!'

지령문주는 스스로 마음을 채찍질했다.

이제 그것밖에는 도리가 없다. 어차피 대원지기 말고는 더 이상 꺼내 들 패는 없었다.

모든 것을 건 싸움.

모든 것을 잃느냐, 아니냐만 남은 것이다.

"아무도 이곳에서 살아 돌아갈 수 없다. 당황하는 너희에게 해줄 말은 이것뿐이다."

관우의 음성이 들려왔다.

지령문주는 굳이 대꾸하지 않았다. 아니, 하고 싶어도 할 수 없었다.

관우의 모습이 시야에서 사라졌다.

'하지만 벗어날 수 없다!'

여전히 기운이 느껴진다. 두 개의 기운.

하나는 관우의 육신에서 느껴지는 것이고, 다른 하나는…….

'음? 풍령의 기운이……?!'

지령문주를 비롯한 세 사람은 순간 흠칫했다.

방금까지도 느껴지던 풍령의 기운이 감쪽같이 사라져 버린 것이다.

—우리도 대원지기에 몸을 숨겨야 하오, 문주!

현로가 다급하게 감응을 전해왔다.

그와 동시에 세 사람의 형상을 이루고 있던 흙이 가루가 되어 스러졌다.

스스스으으……!

대원지기가 한차례 크게 꿈틀거렸다. 그리곤 점차 그 기운의 범위를 넓히기 시작했다.

야산 전체는 물론이고 그 아래 이어진 평야 지대와 하천에 이르기까지 세력을 뻗쳤다.

"소용없는 짓이다!"

천둥과 같은 관우의 음성이 사방을 떨어 울렸다.

"한 가지만 알아둬라. 내가 너희를 멸하려 함은 너희가 지령문도이고 내가 풍령문의 전인이라서가 아니라, 바로 지금! 이곳에 나타나 내 앞을 막아섰기 때문이란 것을!"

음성의 여운이 채 가시지도 않은 그때, 놀라운 일이 일어나기 시작했다.

동서남북 사방에서 바람이 몰려들었다. 그것들은 온갖 종류의 구름과 뇌성벽력을 몰고 왔다.

꽝! 콰르릉!

쿠쿠쿠쿠쿵……!

하늘이 캄캄해지고 공간이 크게 요동쳤다.

사방에서 몰아친 그것들이 하나로 합쳐지자 기이한 현상이 벌어졌다.

그것은 구멍이었다, 하늘 한가운데 뚫린 거대한 구멍.

그리고 그 구멍을 중심으로 어둠이 회전하기 시작했다.

구름이 빨려 들어갔다.

뇌우는 물론이고, 천둥소리마저 그곳으로 빨려 들어갔다.

하늘에 있는 것과 땅에 있는 모든 것이 그리로 사라졌다. 남은 것은 오직 하나, 땅에 넘실대는 대원지기뿐이었다.

"으음! 광포하다! 그는 진정 풍령문의 전인이 맞는가?"

지령문주가 처음에 있던 자리에 두 명의 석로와 함께 다시 모습을 드러냈다. 굳이 숨을 필요가 없었다. 관우가 자신들을 공격하지 않을 것을 알았기 때문이다.

현로가 말했다.

"스스로 모든 것을 파괴하고 있소. 확실히 풍령문의 전인이 보일 행동이 아니오."

이에 황로가 그의 말을 받았다.

"이제 와서 그런 말은 아무런 의미가 없소. 우리는 풍령을 없애는 것이 목적이며, 그도 우리를 몰살시키겠다고 단언했소. 지금 중요한 것은 그의 광포함이 아니라 이번 싸움에서 대원지기의 힘을 얼마나 남기는가이오. 보시오, 하늘의 저것과 대원지기가 서로를 끌어당기려 하고 있소."

그들은 보았다, 하늘과 땅 사이의 공간을 장악하려 하는 두 기운의 팽팽한 대립을.

터질 듯한 압력에 공간이 구겨졌다 펴졌다 반복하고, 섬광과 뇌성이 끊임없이 일어난다.

인세에선 한 번도 일어난 적이 없던 현상이 지금 이곳에서 벌어지고 있었다.

"대원지기에 전혀 밀리지 않는군. 그의 말대로 우리의 완전한 착각이었나?"

지령문주는 진심으로 경탄해 마지않았다.

"문주, 착각이 아니오. 그 누구도 사람이 이 정도의 힘을 가졌을 거란 예상은 할 수 없을 거요."

현로 역시 탄성 섞인 음성을 발하며 눈앞에서 펼쳐지는 거대한 싸움에서 시선을 떼지 못했다.

"황로, 대원지기가 풍령을 상대하고도 오 할 이상의 힘을 남길 수 있다는 확신은 지금도 변함없는가?"

지령문주의 물음에 황로는 망설임없이 대답했다.

"물론이오. 풍령의 힘이 예상외로 대단하긴 하나, 그 대단함으로 인해 그는 지금 큰 과오를 범하고 있소."

"과오라니?"

"그가 대원지기를 막을 수 있는 방법은 아마도 여럿이 있었을 거요. 하지만 그는 지금 대원지기를 순수한 힘으로만 상대하고 있소. 이는 풍령의 우월함을 표현하는 것이며, 자신감이 충천하지 않는 이상 이런 방법을 택할 순 없었을 거요. 하나 바로 그것이 그의 과오요. 그가 택한 방법은 대원지기에게 더없이 유리하기 때문이오."

"빨아들이는 것 말인가?"

"그렇소. 그는 대원지기의 흡입력을 느끼고, 동일한 방법으로 대원지기를 소멸시키고자 했을 거요."

"무슨 말인지는 알겠다. 하나 저것을 보라, 풍령의 힘이 더욱 강해지고 있다. 대원지기의 세력이 점점 밀리는 듯하지 않은가? 이런 상태라면 대원지기가 풍령에 의해 소멸될 가능성도 있지 않겠나?"

"그건 그렇지 않소."

"……?"

대답은 의외로 현로에게서 나왔다.

"대원지기는 땅의 근원을 이루는 기운, 즉 땅을 벗어나는 일 따위는 절대 없소."

"하면 대원지기가 저것에 빨려 들어가는 일은 없을 거란 뜻인가?"

"그렇소. 땅이 완전히 사라지지 않은 한은……."

"으음."

지령문주는 이제야 황로가 왜 과오라는 말을 꺼냈는지 이해했다.

"절대 이길 수 없는 방법으로 대원지기를 상대하고 있다는 말이군."

"풍령을 얻었어도 인간의 교만은 어찌할 수 없었나 보오."

"하면 우린 어찌하는 것이 좋겠나?"

"그의 힘이 떨어지기만을 기다리면 될 것이오."

"풍령의 힘도 유한한가?"

"어쩌면 풍령의 힘은 무한할지도 모르오. 하나 인간의 의지와 인내는 한계가 있소."

"스스로 무너질 거란 뜻이군."

황로는 더 이상 입을 열지 않았다.

세 사람은 더욱 격렬해지는 두 기운의 충돌을 묵묵히 지켜봤다.

하늘의 모든 것이 무섭게 회전했다.

시커먼 구멍은 당장에라도 대원지기를 삼켜 버릴 듯 더욱 크게 아가리를 벌리고 있었다.

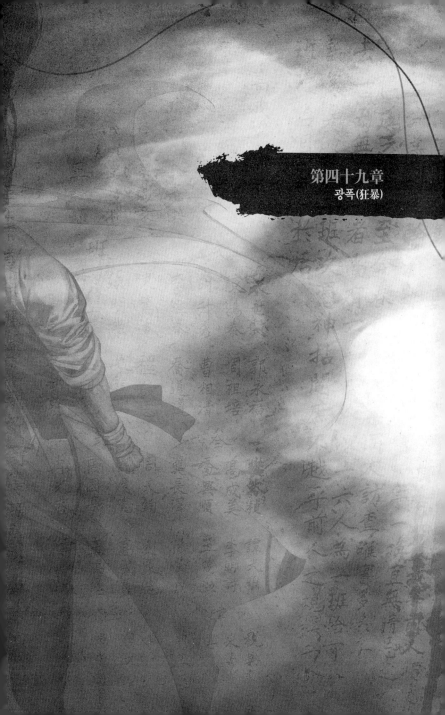

第四十九章
광폭(狂暴)

風神遺事

관우는 눈에 띄게 줄어드는 대원지기의 세력을 보았다.

대원지기는 거세지는 풍령 앞에 제대로 힘을 쓰지 못하고 있었다.

하지만 그것뿐이다.

세력이 수그러들 뿐, 자신의 의도대로 빨려 들어오진 않는다.

힘을 더 보태어 회전력을 더욱 끌어올려 보았다.

역시 기세를 줄이는 데만 성공했을 뿐, 조금이라도 삼킬 순 없었다.

'뭐가 잘못된 거지?'

이상했다.

분명 자신의 판단으론 이 같은 방법으로 대원지기를 모조리 빨아들여 소멸시킬 수 있었다.

대원지기의 힘이 대단하긴 하나, 근원부터 다른 풍령에 비할 순 없기 때문이다.

그리고 그 같은 자신의 판단은 틀리지 않은 듯했다. 실제로 대원지기는 자신이 만든 거대한 소용돌이의 흡입력을 감당하지 못하고 세력이 축소되었던 것이다.

그런데 정작 흡수되진 않는다.

기이한 일이었다.

서로 빨아들이려 한다면, 흡입력이 약한 쪽이 강한 쪽으로 빨려 들어가는 것이 당연했다.

한데 도무지 그럴 기색조차 보이질 않는다.

더욱 강한 힘을 가할지도 생각했다. 하지만 여기서 더 힘을 높이다간 성도가 위험했다. 갈등하지 않을 수 없는 이유다.

그런 와중에도 대원지기는 물론이고 지령문주와 그 문도들은 아무런 반응이 없었다.

마치 해볼 테면 해보라는 것 같았다.

'상황이 이렇게 될 줄을 알고 있었어!'

관우는 조금씩 마음이 초조해졌다. 그들이 아무것도 하지 못하는 자신을 보며 조소를 머금고 있는 모습이 머릿속에 그려졌다.

'제기랄!'

풍령의 힘은 이것이 전부가 아니다. 고작 일부에 불과했다.

자신이 마음만 먹으면 지금 당장 놈들을 얼마든지 날려 버릴 수 있었다.

저 눈엣가시 같은 대원지기를 모조리 빨아들이는 것은 일도 아니리라!

'방법을 바꾸어야 하나?'

관우는 고개를 저으며 이를 악물었다.

몰살시키겠다고 호언장담한 자신을 더욱 크게 비웃는 저들의 얼굴이 떠올랐다.

이제 와서 방법을 바꾸는 것은 자존심이 허락하질 않았다.

'네놈들에게 풍령의 진정한 힘을 보여주마!'

관우는 감히 풍령을 우습게 여기고 자신 앞에 당당히 나타난 대가를 반드시 치르게 해주기로 마음먹었다.

우우우우웅! 빠지직!

쿠콰콰콰콰콰……!

태산이 무너져 내리는 소리가 이러할까?

소용돌이가 굉음을 내며 하늘 끝까지 사방으로 세력을 확장했다.

그럴수록 소용돌이 중앙에 난 시커먼 구멍은 대원지기를 향해 더욱 크게 아가리를 벌렸다.

쩌저적! 우지직……!

땅이 통째로 갈라진 채 허공으로 솟구쳐 올랐다. 땅속 깊은 곳이 드러나며 주변은 완전히 아수라장으로 변했다.

그리고 그것은 저 멀리 떨어져 있던 성도도 마찬가지였다. 소용돌이의 여파가 성도에 미쳤다. 놀란 사람들의 아우성은 굉음에 묻혀 들리지도 않는다.

눈에 보이던 모든 것이 형체조차 남기지 않고 사라져 버렸다.

그럼에도 소용돌이는 멈추지 않는다. 굶주린 맹수와 같이 하늘 아래 모든 것을 집어삼킬 기세였다.

이미 관우에겐 사람들의 안위 따위는 안중에도 없었다. 오직 관심은 단 하나, 대원지기를 소멸시키는 것뿐이었다.

'이럼에도! 이럼에도 흡수되지 않는단 말이냐!'

관우는 지금의 상황을 도저히 받아들일 수 없었다.

그 무엇도 풍령의 막대한 힘을 감당하지 못하고 있었다. 그런데 유일하게 대원지기만 꿈쩍도 하지 않고 있다.

이젠 납작 엎드린 채 죽은 듯 반응조차 없는 것이다.

'이럴 수는 없다! 이럴 수는!'

소용돌이가 거세진 만큼이나 관우의 마음도 거칠어졌다.

용납할 수 없는 상황에 관우는 점차 이성을 잃어갔다.

"감히 나와 끝까지 해보자는 것이냐! 좋다! 온 땅을 파헤쳐서라도 네놈들이 믿는 저것을 없애주겠다!"

관우의 음성이 천지간에 쩌렁쩌렁하게 울렸다.

"풍령이여! 진정 어리석구나. 아직도 네가 대원지기를 흡수할 수 있다고 생각하는 것인가? 네가 아무리 풍령이라도 온 땅을 사라지게 할 수는 없다. 그러니 이제라도 방법을 바꾸어 우릴 상대하는 것이 어떤가?"

지령문주의 음성이었다.

그것을 듣는 순간 관우의 분노는 극에 달했다.

"크윽! 얄은 수로 나를 충동하려 하는 것이냐!"

콰콰콰콰……!

땅이 거친 신음을 토해냈다.

야산 전체가 한꺼번에 위로 떠올랐다.

"하늘이 큰 실수를 하였구나. 어리석은 자에게 감당할 수 없는 힘을 주어 도리어 세상을 파괴하고 있구나."

지령문주의 음성은 계속되었다.

"이로써 하늘의 뜻은 명백해졌다. 하늘은 풍령문을 버리고 본 문을 세우려 하심이다."

"닥쳐라!"

빠지직!

하늘이 갈라졌다. 소용돌이 또한 반으로 갈라졌다.

그 갈라진 틈으로 막대한 양의 풍운뇌우(風雲雷雨)가 한꺼번에 쏟아져 나왔다.

그야말로 경천동지!

"이럴 수가!"

"위험하오!"

지령문주와 현로의 입에서 다급한 소성이 흘러나왔다.

"모조리 없애 버리고 말 것이다! 모조리!"

관우의 외침이 끝남과 동시에 주변 수백 장에 걸쳐 있는 땅들이 하늘로 치솟으며 산산이 부서졌다.

연달아 폭발하는 그것들로 인해 천지간은 마비되었다.

풍운뇌우와 굉음, 무수한 파편과 분진들이 서로 뒤엉켜 한폭의 지옥도를 만들었다.

폭발은 일각 동안이나 지속됐다. 그 무엇도 폭발을 막을 순 없었다.

그러던 어느 순간 모든 것이 잠잠해졌다. 지독한 고요였다.

오히려 방금 전의 폭발보다 더욱 큰 공포를 불러일으킨다.

다시 일각여가 흘렀다.

사방을 가득 메운 것들이 걷히고 차츰 빛이 스며들기 시작했다.

주변의 광경이 눈에 들어왔다.

소용돌이가 사라졌다. 그리고…….

땅도 사라졌다. 적어도 조금 전까지 땅이라 여겼던 것들은 형체조차 남지 않았다.

사방 천 장에 이르는 모든 땅들이 끝없는 깊이의 구덩이로 바뀌어 있었다.

그리고 허공에 떠 있는 단 한 사람⋯⋯.

관우는 자신이 만든 거대한 구덩이를 내려다보고 있었다.

그때였다.

스스스으⋯⋯!

미세한 티끌들이 한 곳으로 모이더니 세 개의 형체를 이루
었다.

"으음⋯⋯."

지령문주는 낮게 신음을 흘렸다.

"문주, 괜찮소?"

"나는 괜찮다. 하나 함께 왔던 지인들과 암곤들이 모두 죽
었구나."

"우리도 간신히 목숨을 건질 정도였소. 대단한 위력이오."

그들은 동시에 허공에 떠 있는 관우를 올려다봤다.

풍령의 위력 앞에 더 이상 달리 할 말이 없었다.

"대원지기는 어떠한가?"

묻는 지령문주의 음성에서 왠지 모를 음영이 느껴진다. 그
도 이미 느끼고 있었다, 현저히 떨어진 대원지기의 힘을.

"절반 이상이 소실됐소."

대답하는 황로의 음성에서도 힘이 느껴지지 않는다. 그는
아직도 충격에서 벗어나지 못하고 있는 듯했다.

"절반 이상이라면 얼마나 남은 것인가?"

"……."

황로는 말이 없었다. 그러자 어쩔 수 없이 현로가 대신 대답했다.

"삼 할이 채 되지 못하오."

"삼 할……!"

우려가 현실이 되었다. 지령문주 또한 그렇게 한동안 말이 없었다.

일어나지 말아야 하고, 절대 일어날 수 없는 일이 일어났다.

이천 년 동안 암흑 속에서 처절하게 모아왔던 대원지기 중 거의 대부분을 단 한 순간에 잃어버렸다.

반드시 자신들의 대망이 이루어질 거라 믿었다.

그러나 지금 그 확신이 깨어져 버렸다.

삼 할도 안 되는 대원지기로는 아무것도 할 수 없다.

때문에 지령문주와 두 석로가 지금 느끼는 상실감은 이루 말할 수 없었다.

"풍령은……? 풍령은 어찌 되었지?"

"느껴지지 않소."

"풍령의 힘도 소진되었다는 말인가?"

"그런 것이 아니요. 힘이 소진되었다고 해서 기운조차 느껴지지 않을 리는 없소."

"그럼?"

"없어진 것 같소."

"사라졌다는 말인가?"

"그렇소."

"어떻게 그런 일이……?"

"이유는 알 수 없소."

"으음, 그래도 한 가지는 확실히 알 수 있을 듯하군. 그의 상태는 지금 정상이 아니다."

"그는 넋을 잃었소."

"충격이 클 테지."

지령문주는 조금 전까지 일어났던 어마어마한 일들을 다시 떠올렸다.

그러한 상상을 초월하는 힘을 보여주었음에도 대원지기를 소멸시키지 못했다.

지금 관우의 심정이 어떠할지 능히 짐작이 가고도 남았다.

'그러나 우리만큼은 아닐 것이다.'

속에서 울분이 솟구쳤다.

지령문은 이제 끝났다. 하지만 자신들은 관우처럼 넋을 잃을 정도로 나약하지 않다.

지령문의 역사는 인고(忍苦)의 세월 그 자체였다. 그것은 그들의 마음을 강하게 만들었다.

'본 문이 끝났으니, 풍령문도 오늘로서 끝이 나야만 한다.'

새 목표를 잡았다. 당장 할 수 있는 일, 반드시 해야만 하는 일이 그것뿐이었다.

"그를 없애겠다. 가능하겠지?"

"풍령이 사라진 지금이라면 가능하오."

"그럼 시작하지."

"하나 신중해야 하오. 과연 풍령이 완전히 사라진 것인지 확실치 않기 때문이오."

"상관없다. 어차피 그와 풍령은 하나이니, 그가 죽으면 풍령 또한 소멸될 것이다."

지령문주의 말에 대꾸하려던 현로는 입을 닫았다.

관우의 육신이 죽으면 풍령이 소멸될지는 역시 확실하지 않다. 풍령이 자신의 존재를 필요치 않는다고 했던 관우의 말을 생각하면 더욱 그렇다.

하지만 그와 같은 자신의 생각을 말하지 않았다. 지령문주 역시 그것을 알고 있었다.

그럼에도 그렇게 말한 것은 그것만이 그들의 유일한 희망이기 때문이었다.

"황로."

현로의 부름에 묵묵히 서 있던 황로가 고개를 끄덕였다. 이윽고 둘은 합심하여 남은 대원지기를 불러일으키기 시작했다.

거대한 구덩이 아래 숨어 있던 대원지기가 스멀스멀 구덩이 밖으로 스며 나왔다.

세 사람은 어느새 대원지기에 동화되어 그 힘을 고스란히 전달받았다.

대원지기가 허공에 떠 있는 관우의 몸을 끌어당겼다.

관우의 몸이 크게 휘청였다. 그러더니 곧 조금씩 아래로 끌려갔다.

잠잠한 채로 순순히 땅으로 끌려 내려간 관우는 무방비 상태로 지령문주 앞에 섰다.

"왜 저항하지 않지?"

"……."

"아까 그 거만하던 모습은 어디로 갔나? 모든 걸 포기한 것인가?"

관우는 대답이 없었다. 눈이 없으니 감정을 짐작하기도 어려웠다.

"순순히 죽어줄 생각이라면 환영이다. 황로."

지시를 받은 황로는 즉각 손을 썼다.

풍령도 없으니 망설일 이유가 없었다.

수천, 수만 개의 돌이 허공으로 떠올랐다. 바늘 크기만 한 날카로운 돌들이었다.

황로는 관우를 가장 고통스럽게 죽일 작정이었다.

저것들이 동시에 파고들어 가 온몸을 마구 헤집을 것이다.

그러면 숨이 끊어지기까지 상상조차 할 수 없는 엄청난 고통을 맛보게 되리라!

"죽어라!"

그의 외침과 동시에 허공에 있던 돌들이 관우를 향해 살처럼 쏟아져 나갔다.

하지만 그 순간 경악스런 일이 벌어졌다.

쩌엉!

퓨퓨퓨퓻……!

"끄아악……!"

끔찍한 비명과 함께 황로의 몸이 커다란 경련을 일으켰다.

놀랍게도 전신에 수만 개의 미세한 구멍이 뚫린 채 고통스러워하는 사람은 관우가 아니라 그였던 것이다.

"대, 대체 어찌 된 것인가?!"

지령문주와 현로는 방금 눈앞에서 일어난 일을 믿을 수 없었다.

황로가 쏘아낸 돌들은 관우의 전신을 꿰뚫는 바로 그 순간 모조리 튕겨져 나가 황로에게 되돌아왔다.

전혀 예상치 못했던 일에 황로는 속수무책으로 당할 수밖에 없었다.

"다시 느껴지고 있소! 이건 풍령의 기운이오!"

현로의 음성이 잘게 떨렸다.

지령문주는 처참한 최후를 맞이한 황로의 시신을 확인했다. 가죽만 남은 그것은 서서히 대원지기에 의해 땅속으로 스며들고 있었다.

그때였다.

"후후……."

나직한 웃음소리가 들려왔다. 지령문주와 현로의 눈이 즉각 관우를 향했다.

"어리석은, 결국 착각이 죽음을 불렀구나."

지령문주는 관우의 비웃음에 온몸을 부들부들 떨었다.

"우리를 속인 것이냐?"

"속여? 내가 너희를 상대로 왜 그런 수고를 할 거라 생각하지? 아! 풍령이 사라졌다고 했던가? 그건 너희의 착각이다. 사라진 것이 아니라, 감지하지 못한 것일 뿐."

"으음!"

지령문주는 진정한 절망을 맛봤다. 비웃음을 당할 만했다. 관우의 말대로 까맣게 몰랐다.

관우는 그의 그런 심정을 짐작했는지 말을 이었다.

"너희의 착각은 어리석었지만 어찌 생각하면 이해할 만하다. 풍령의 힘을 온전히 파악하기란 인간의 머리로는 애초부터 불가능한 일이니 말이다. 그러니 너무 자책하진 마라."

관우의 음성에는 패자를 짓밟고 올라선 승자의 오만함이 가득했다.

잠자코 있는 지령문주를 대신하여 현로가 입을 열었다.

"너는 우리가 너에 대하여 보고받았던 때와는 전혀 다른 사람이 되었구나."

"나에 대한 보고라? 너희가 나를 잘못 파악했다는 것은 이미 증명이 되었다. 그런데 뜬금없이 전혀 다른 사람이 되었다니?"

"지금의 네 말투와 행동, 이곳에서 네가 저지른 모든 일이 네가 달라졌음을 증거하고 있다. 무엇이 진정한 네 모습인지 알 수는 없으나, 지금의 네 모습을 보면 세상을 구하겠다는 풍령문의 부르짖음이 얼마나 더럽고 위선적인지는 확실히 알겠구나."

"닥쳐라! 충격을 받아 헛소리를 하는 것이냐? 다시 말하지만 네놈들이 내 손에 죽는 까닭은, 하필 지금 내 앞에 나타나 나의 심기를 건드렸기 때문이다. 내가 풍령문의 전인이라는 사실하고는 전혀 상관없는 일이란 말이다."

"그러니 더럽고 위선적이라는 말이다. 이곳을 봐라, 그리고 저곳도. 보이는가? 너로 인해 죽은 수많은 생명들이?"

"……?!"

현로의 말에 관우는 순간 움찔했다.

애써 생각하지 않으려 했던 한 가지 사실이 뇌리를 스쳤기 때문이다.

풍령이 나타낸 힘의 여파가 수십 리 떨어져 있는 성도에 미쳤다.

그럴 줄 알면서도 힘을 썼다. 이들을 죽이기 위해서. 오직 그 생각밖에는 없었다.

그로 인해 성도는 폐허가 되었다. 그곳에 사는 수많은 사람들이 목숨을 잃었을 것이다.

다른 누구도 아닌 자신이 죽인 것이다, 자신이……

"빌어먹을! 나 때문이 아니야! 네놈들이 감히 나를 충동질했기 때문에 그런 것이란 말이다!"

순간 흥분한 관우는 거친 음성을 토해냈다.

현로는 위협을 느꼈다. 관우가 당장에라도 자신을 갈기갈기 찢어놓을 것만 같았다.

하지만 그는 전혀 동요없는 얼굴로 말했다.

"결국 우리의 예상은 맞았다. 너는 나약하다. 넌 풍령의 힘을 감당할 수 있는 자가 아니다. 하늘이 왜 너를 택했는지 모르겠구나. 만약 하늘도 후회라는 것을 한다면, 바로 너로 인해 하게 될 것이다."

"빌어먹을! 닥쳐! 닥치란 말이다! 감히 내 앞에서 하늘을 입에 담는 것이냐! 하늘이 날 택했다고? 웃기지 마라! 내가 원해서 풍령이 된 것이다! 내 의지와 뜻으로 얻었으니 풍령의 힘을 어떻게 쓰든지 하늘이 상관할 바가 아니다. 네놈들을 죽이든, 사람들을 죽이든, 세상을 파괴하든, 내가 쓰고 싶은 대로, 내 마음대로 쓸 것이다!"

픽!

엄청난 충격파였다. 공간이 이지러지는 순간에 방금까지 서 있던 현로의 형체가 흔적도 없이 사라져 버렸다.

"후후후! 이제야 조용해졌구나. 모든 것은 죽고 사라져야 비로소 잠잠해지는 것인가?"

관우는 입가에 비웃음을 가득 머금고 천천히 지령문주를 향해 다가갔다.

지령문주는 다가오는 관우를 망연히 바라봤다.

이제 진정 모든 것이 끝났다. 모든 것이 사라졌다.

곁에 있던 자들은 모두 죽고 자신만 남았다.

지금 자신의 눈앞에는 마치 신이나 된 듯, 가공할 힘에 취한 채 정신이 나간 자가 있을 뿐이었다.

"벙어리가 된 것을 보니 죽음의 공포 앞에선 지령문주도 어쩔 수 없나 보군. 후후······."

관우의 웃음은 이제 오만하기까지 했다. 그에게 있어 지령문주는 이미 발에 밟힌 벌레와도 같았다.

그때 지령문주가 나직하게 음성을 발했다.

"어디다가 써야 할 줄도 모른 채 칼을 쥔 어린아이로구나."

"······?!"

관우의 웃음이 그쳤다. 지령문주는 말을 이었다.

"목적을 가지고 칼을 쓰는 자는 적어도 칼을 아무렇게나 휘두르지는 않는다. 설령 그 목적이 남에게 비난을 받는다고 해도 말이다. 하지만 아무런 목적도 없다면 너와 같이 칼을 닥치는 대로 마구 휘두르게 되는 것이다."

"역시 예외는 없군. 네놈도 죽어야만 잠잠해지겠······!"

"목적도 없이 마구 칼을 휘두르는 자의 결말이 어찌 되는지 아느냐?"

"……?"

"결국 미쳐 그 칼로 자기를 찌르게 되지."

"……!"

"너는 이미 미쳤다."

부르르!

관우의 전신이 분노로 인해 크게 떨렸다.

"다 떨었으면 그만 죽어라."

서걱!

허공에 백선이 그어짐과 동시에 지령문주의 몸이 위로부터 반으로 갈라졌다.

"칼에 죽기를 원하는 듯해서 말이야. 후후……."

관우는 땅으로 사라지는 지령문주의 갈라진 몸을 보며 다시금 조소를 내뱉었다.

하지만 그것은 아까와는 다른 웃음이었다. 비웃음 속에서 뭔지 모를 여운이 느껴진다.

마지막으로 지령문주마저 숨을 거두자 남은 대원지기가 흩어지기 시작했다.

관우는 자신이 만든 폐허를 바라보며 얼굴에서 웃음을 지웠다.

"나를 이렇게 만든 것은 바로 하늘이다! 그러니 나를 원망

말고 하늘을 원망해라! 세상아! 나를 자극하지 마라! 앞으로
도 무엇이든, 내 앞을 막아서는 것은 모조리 없애 버릴 것이
다! 설령 그것이 하늘이라도!"

관우의 신형이 공중으로 솟구쳐 올라갔다.

끝없이 위로 날아간 관우는 이내 당하연과 함께 시야에서
사라져 버렸다.

＊　　　＊　　　＊

성도와 그 주변 전체를 휩쓴 대폭풍의 소식은 세상을 뒤흔
들었다.

도시 전체가 한순간에 무너져 내렸다.

사람들은 모두 하늘이 진노한 것이라면서 망조의 기운을
들먹이며 불안해했다.

그러나 그 소식에 가장 놀란 것은 사건의 진상을 알고 있는
자들이었다.

광령문과 수령문은 지령문의 몰락에 경악했다.

그들은 모두 풍령의 힘을 직접 경험한 자들이었다. 풍령에
의한 자신들의 몰락이 현실이 되자 그들의 느끼는 참담함은
이루 말할 수 없었다.

한편, 그런 와중에 하나의 사건이 발생했다. 광령문의 중원
근거지인 어천성이 일단의 무리들로부터 급습받은 것이다.

무리들은 천문으로 밝혀졌으며, 아무런 대비 없이 당한 광령문은 그들과 양패구상했다.

그 결과 어천성은 무너졌고, 살아남은 광령문도들은 중원에서 철수하기에 이르렀다.

또한 소식을 접한 수령문도 중원에 남아 있던 문도들을 모두 철수시켰다.

그리고 그 후 그들은 잠잠했다.

관우도 또다시 종적을 감췄다.

그렇게 시간이 흘렀다.

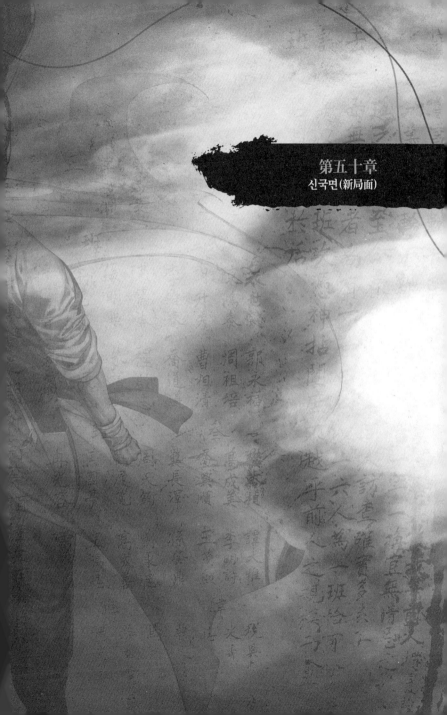

第五十章
신국면(新局面)

風神遺事
풍신유사

쾅!

"이런! 개 같은 경우가 있나!"

포랍은 고성을 내지르며 탁자를 거칠게 내려쳤다.

"기껏 동굴 속에 틀어박혀서 죽으라고 무공을 익힌 결과가 고작 이거란 말이냐!"

곁에 앉은 위탕복과 모용란은 그의 거친 모습에도 묵묵히 입을 다물고 있었다.

소광륵이 이 자리에 있었다면 포랍을 가만두지 않았겠지만, 다행히도 그는 현재 이곳에 없었다.

"사기꾼! 꿀을 먹은 것이냐! 왜 조용한 것이냐! 뭐라 말 좀 해봐라!"

포랍은 답답해 죽겠다는 듯 급기야 위탕복을 걸고 넘어졌다.

위탕복은 그런 그를 향해 담담히 입을 열었다.

"딱히 할 말이 없소."

"뭐야?"

"철탑 대협의 심정을 이해하기 때문이오."

"누가 이해해 달라고 했어?"

"그럼 어쩌라는 거요?"

"그 잘난 몽예력인가 뭔가로 해결을 하란 말이다!"

"무엇을 말이오?"

"단주를 다시 우리 앞에 데리고 와서 단주 노릇을 하게 하든지, 아니면 숨통을 끊어서 아예 없애 버리든지 하란 말이다!"

"내겐 그런 잘난 능력이 없소. 아시잖소?"

"이런……!"

포랍은 위탕복의 대꾸에 눈을 부릅떴다.

하지만 딱히 다른 할 말이 없는 듯, 재차 탁자를 후려칠 뿐이었다.

짧은 침묵이 흘렀다.

"위 참모, 아직 변함없으신가요?"

모용란이 침묵을 깨며 입을 열었다.

위탕복의 시선이 자신을 향하자 그녀는 말을 이었다.

"이곳에 머무는 것이 좋을 거란 생각 말이에요."

"아쉽게도 그렇소."

"그 말은, 여전히 그것밖에는 다른 좋은 방도가 없다는 뜻인가요?"

"어느 것이 좋다고는 단정 지을 수 없소. 이미 말했듯이 각자의 의지대로 움직이면 되오. 군무단은 이미 해체되었으니까 말이오."

"그러니까 말이다! 단주가 모든 걸 내팽개치고 도망간 마당에 우리가 이러고 있을 필요가 있냐 이거야!"

포랍이 참고 있던 말을 왈칵 쏟아냈다.

그때 모두의 귀에 들려온 음성.

"떠나고 싶으면 떠나라."

"……?!"

삼 인의 시선이 음성의 주인공을 찾았다. 이제 막 방 안으로 들어선 소광륵이 자신의 자리에 앉으며 말했다.

"철두, 떠나고 싶으면 떠나거라."

"가, 갑자기 왜 이러십니까?"

포랍은 어리둥절한 표정으로 소광륵을 바라봤다. 그럴 수밖에 없는 것이, 이제껏 자신을 붙잡아둔 것이 그였기 때문이다.

의문이 들긴 위탕복도 마찬가지였다.

"회의에서 무슨 일이 있으셨습니까?"

"천문이 드디어 최종 결정을 내렸다."

"……?"

"앞으로 저들과 마찬가지로 주군 또한 적으로 간주하여 모든 행동을 취하기로 결안하였다."

"허! 이거 참 꼴이 우습게 되었군요! 적당의 수괴 밑에 있던 자들이 이젠 같은 편이 되어 그 수괴였던 자를 향해 칼을 겨누게 되었다? 천문 놈들이 우릴 보고 얼마나 비웃겠습니까?"

포랍이 끼어들어 떠들어댔지만 소광륵은 노를 발하기는커녕 지그시 두 눈을 감을 뿐이었다.

반면 위탕복은 예상하고 있었다는 듯 고개를 끄덕이며 말했다.

"천문은 중원무림, 나아가 중원 전제의 존립을 지킬 사명을 가진 자들입니다. 수많은 무고한 생명을 해친 단주님을 적으로 여기는 것은 저들로서는 당연한 일이지요. 패마, 그들이 우리에게 원하는 것은 무엇입니까?"

"천문은 우리가 자신들과 뜻을 함께해 주길 바라고 있다."

"당연히 그렇겠지요! 광령문과의 싸움에서 우리의 힘이 어떠한지 직접 보았으니!"

포랍의 말이 끝나길 기다린 위탕복이 다시 입을 열었다.

"패마의 뜻은 어느 쪽입니까?"

"음……."

소광륵은 깊게 침음했다. 모두가 그의 얼굴을 주목했다.

"저들 중 하나인 지령문이 사라졌다고 해도, 천문의 힘만으론 광령문과 수령문의 남은 무리들을 상대할 순 없을 것이다. 또한 그것은 우리가 가세한다고 해도 달라지진 않겠지. 그렇지 않느냐?"

"그렇습니다."

"저들도 그것을 알고 있을 터, 그럼에도 이제껏 움직이지 않는 것은 어딘가에 있을지 모를 주군의 존재 때문이겠지. 즉, 저들이 두려워하는 것은 주군이고, 천문이 두려워하는 것 역시 주군이다. 어찌 보면 지금의 주군은 전에 당가가 만든 광독인과 같은 존재가 되어버렸는지도 모르지."

"쉽게 말해 모두에게 골칫거리가 되어버린 것 아닙니까!"

또다시 끼어든 포랍이 순간 몸을 움찔거렸다. 자신을 향해 쏟아진 살기를 느꼈기 때문이다.

"입을 닥치든지, 당장 여길 떠나든지 둘 중 하나만 해라."

"쩝, 죄송합니다."

금세 꼬리를 내린 포랍에게서 시선을 거둔 소광륵은 말을 이었다.

"하지만 달리 생각하면 그건 모든 문제가 여전히 주군의 손에 달려 있다는 뜻이기도 하다. 주군께서 사명을 버린 것과는 상관없이 말이다. 하여 나는 천문과 함께할 것이다."

"그게 무슨 말씀입니까!"

조금 잠잠해졌나 싶었던 포랍이 펄쩍 뛰며 나섰다.

"정말로 천문 놈들하고 같이 단주를 향해 칼을 겨누기라도 하겠단 말씀입니까?"

"내 뜻은 이미 섰다. 하나, 내 뜻을 네놈에게 강요하진 않겠다. 이미 말했듯이, 떠나고 싶으면 떠나라."

"허! 이거야 원……!"

포랍은 어이가 없다는 듯 헛웃음을 흘렸다.

다 때려치우고 떠나고 싶은 마음은 굴뚝같다. 하지만 막상 떠나라고 등 떠미는 상황이 되자 쉽게 '그러마' 하고 입이 떨어지지가 않았다.

게다가 소광륵이 이렇게 나올 줄은 꿈에도 몰랐다. 차라리 협박을 해서라도 자신을 붙잡아두는 것이 소광륵답지 않은가?

'그새 늙으셨나?'

그렇게 포랍이 혼자 생각에 잠기고 있을 때 잠자코 있던 모용란이 드디어 입을 열었다.

"패마께서 단주님을 등질 거라고는 생각지 않아요. 역시… 이곳에서 단주님이 돌아오시길 기다리겠다는 뜻이겠죠?"

"다른 이유는 없다. 그분은 내 주군이시다. 죽더라도 그분의 손에 죽기를 원할 뿐이다."

모용란은 작게 웃었다.

"훗. 만일 단주님께서 우리마저 죽이려 드신다면, 정말로 광독인과는 비교할 수조차 없는 공포스런 존재가 되어버리겠군요."

"……."

그녀의 말에 모두가 입을 닫았다. 무거운 분위기가 잠시 흘렀다.

모용란의 웃음이 가실 때까지 기다린 위탕복이 그녀를 향해 물었다.

"요희는 어느 쪽이오?"

모용란은 대답 대신 되물었다.

"위 참모께선 어느 쪽이시죠?"

"나야 워낙에 게을러서 말이오."

"그렇군요. 좋아요. 그럼 저도 잠시 게을러지도록 하죠."

"패마와 뜻을 같이하겠다는 거요?"

"아뇨. 패마께는 죄송하지만 전 처음부터 위 참모의 생각을 좇기로 마음을 먹었어요."

"고마운 말이구려. 그런데 내 생각을 좇기로 한 이유가 무엇이오?"

"알 수 있는 것이 아무것도 없기 때문이에요. 지금으로선 위 참모가 어둠 속의 한줄기 빛이지요."

"천하의 요희에게 그런 말을 듣다니, 좀 민망하구려. 한데 요희가 믿는 것은 나요, 아니면 내가 가진 몽예력이오?"

"당연히 전자이지요."

"요희답지 않게 도박을 했군."

"그럴 수밖에 없는 상황이니까요."

둘은 잠시 서로를 마주 보며 미소를 머금었다.

"이런 젠장맞을!"

자신의 바람과는 전혀 다른 방향으로 분위기가 흘러가자 포랍의 입에서 짜증이 터져 나왔다.

"다들 생각들은 있는 건지, 다 싫다고 도망간 사람이 정말 다시 돌아올 거라고 믿는 겁니까! 게다가 이미 자신의 사명과는 정반대되는 일을 저지른 사람이라고요!"

"그래서 어쩔 것이냐?"

소광륵이 압박하듯 물었다.

"어쩌긴 뭘 어쩝니까! 어차피 놈들 잡으려고 괴상한 무공까지 배웠으니, 제대로 써먹어보기라도 해야지요!"

"선택은 이번뿐이다. 다신 네놈의 투정 따윈 받아주지 않을 것이다."

"압니다! 알아요! 쳇!"

"좋다. 이제 네 생각을 말해보거라."

포랍에게 다짐을 받아놓은 소광륵의 시선이 위탕복을 향했다. 처음부터 그의 관심은 이것이었다.

모용란에게도 그렇듯이, 그에게도 위탕복은 이 순간 가장 믿을 만한 자였다. 적어도 이제껏 위탕복의 생각이 어긋난 적은 단 한 번도 없었기 때문이다.

위탕복은 모두의 시선을 느끼며 입을 열었다.

"두 가지만 말씀드리지요. 우선 단주께서 다시 본래의 자리로 돌아온다고는 확언할 수 없습니다. 하나……."

"……?!"

"지금에 벌어진 모든 문제는 일단 단주님에 의해 매듭지어질 것입니다."

"일단이라니, 그게 무슨 말이냐? 광령문과 수령문이 완전히 사라지지 않을 거란 뜻이냐?"

"그렇습니다."

"하면 어찌 일이 매듭지어질 수 있단 말이냐?"

"어떤 식으로 매듭지어질지는 저도 알 수 없습니다. 단, 확실한 것은 독수리 날개 아래에서 저들의 모습이 보였다는 것입니다."

"그건, 단주님께서 저들을 포용할 거란 뜻인가요?"

모용란의 말에 위탕복은 고개를 저었다.

"꼭 그렇게 볼 수는 없소. 저들은 독수리 날개 아래 있으나, 독수리는 그것을 알지 못하는 듯했으니까."

"……?!"

모용란의 두 눈에 떠오른 의문이 짙어졌다. 소광특과 포랍도 위탕복의 말이 뜻하는 바를 알 수 없긴 마찬가지였다.

"지금으로선 그것의 의미를 온전히 풀어내긴 불가능합니

다. 하나 그것이 하늘이 정한 독수리의 길이란 사실은 틀림없을 겁니다."

"음……."

모두가 고개를 끄덕였다. 위탕복은 이미 자신들에게 하늘이 독수리에게 정한 길만 볼 수 있다고 말하지 않았던가?

짧은 침묵 후 이윽고 소광륵이 다시 입을 열었다.

"또 한 가진 무엇이냐?"

"저는 곧 이곳을 떠날 것입니다."

"뭐라?!"

소광륵의 눈썹이 활처럼 휘었다. 놀라긴 모용란과 포랍도 마찬가지였다.

"그게 무슨 말인가요? 분명 이곳에 남겠다고 말하지 않았나요?"

모용란이 얼굴을 굳히며 물었다. 이에 반하여 위탕복의 표정은 조금도 변화가 없었다.

"물론 난 여러분과 함께할 것이오. 다만 잠시 이곳을 떠나야만 하오."

"무슨 귀신 방귀 뀌는 소리냐! 지금 우릴 놀리는 것이냐?"

포랍이 씩씩대며 언성을 높였다. 그럼에도 위탕복의 시선은 그가 아닌 소광륵을 향하고 있었다.

소광륵이 물었다.

"뭔가 다른 할 일이 있는 것이냐?"

"그녀를 찾을 것입니다."

"그녀라면……? 당가의 아이 말이냐?"

"그렇습니다."

"정녕 죽지 않았단 말이냐? 아니, 설혹 네 말대로 죽지 않았다고 해도 어떻게 그 아이를 찾는단 말이냐?"

위탕복은 볼을 실룩이며 웃었다.

"제겐 약간의 재주가 있지 않습니까? 싸움은 몰라도 그쪽으론 제법 쓸모가 있습니다."

"음, 그렇게까지 그 아일 찾으려는 이유가 있느냐?"

"그녀를 찾으면 단주님의 행방을 알 수도 있을 것이기 때문입니다."

소광특의 표정이 다시 한 번 급변했다.

"그 아이가 단주님과 함께 있다는 말이냐?"

"지금도 함께 있는지는 알 수 없습니다. 하나 적어도 그녀가 단주님과 함께 있었던 것만큼은 확실합니다."

"그렇다면 내가 함께 가겠다. 혼자서는 위험할 것이다."

위탕복은 고개를 저었다.

"아닙니다. 저는 괜찮지만 세 분께선 이곳을 떠나시면 천문에게 크게 의심을 사게 될 것입니다. 단주님을 적으로 돌린 천문입니다. 자칫 저들과 부딪칠 수 있습니다."

"으음……."

소광특은 침음했다. 위탕복의 말대로다. 위탕복은 넷 중

유일하게 무공을 익히지 않았다. 뭔가 다른 능력이 있더라도 어디까지나 저들에겐 추측에 불과했다.

위탕복이 떠난다고 한다면 비교적 적게 의심을 받을 것이요, 감시 또한 약할 것이다.

"그 아이가 있는 곳이 어디냐?"

"서쪽입니다. 가다 보면 뚜렷이 보일 것입니다."

"기한은?"

"두 달, 어쩌면 더 길어질지도 모르지요."

소광특은 고개를 끄덕였다. 아무리 위탕복이라도 확답을 요구하는 것은 어리석은 일이었다.

그는 자리에서 일어서기 전 전음을 통해 위탕복에게 물었다.

[네가 돌아올 때까지 우리가 할 일은 무엇이냐?]

[대선공의 끝을 꼭 완전히 이뤄주십시오. 특별히 당부드릴 것은 그것 하나입니다. 나머지는 요희에게 맡기고 떠나도록 하겠습니다.]

[으음, 알겠다.]

"그럼 나와 철두는 천문주에게 우리의 뜻을 전하러 가겠다."

소광특의 말에 포랍이 눈을 크게 치떴다.

"아니, 저는 왜……?"

"군소리 말고 따라와라, 이놈!"

"아니! 그러니까 저는 왜⋯⋯? 어엇!"

뒷덜미를 잡아끄는 무지막지한 힘에 포랍의 육중한 몸이 순식간에 밖으로 끌려 나갔다.

두 사람이 사라진 후 그때까지 잠자코 있던 모용란이 입을 열었다.

"정말 혼자 떠날 생각인가요?"

"아쉽지만 그렇소."

"뭐가 아쉬운가요? 설마 저와 헤어지는 것을 두고 하신 말은 아닐 테고?"

"바로 그 설마요."

"끝까지 속을 보이지 않으시는군요."

"보다시피 거죽이 두꺼워 속을 보이기가 쉽지 않소."

"그럼 그 살들을 빼드려야 하나요?"

"굳이 그럴 것까지야. 그냥 날씬한 요희가 먼저 속을 보여줌이 어떻소?"

그 말에 모용란은 두 눈을 살짝 흘겼다.

"제가 여인임을 잊으신 건가요?"

"그럴 리가 있겠소? 사내의 속을 알고 싶은 독특한 취미 따윈 내겐 없소."

"훗, 정말 당신은 어쩔 수가 없는 사람이군요."

"듣기 좋구려. 앞으로도 계속 그렇게 불러주겠소?"

"돌아오시기만 한다면요."

"……."

말없이 그녀를 응시하는 위탕복의 얼굴에 미소가 걸렸다.

"내가 못생기지 않았소?"

"못생겼어요."

"역시……."

"뭐가 역시죠?"

"요희는 눈이 낮구려."

"낮은 게 아니라, 유별난 거겠죠."

"그렇게 말해주니 고맙군."

두 사람은 서로를 향해 웃었다.

웃음을 뒤로하고 모용란이 물었다.

"말해줄 수 없나요?"

"무엇을 말이오?"

"당신이 말하지 않은 것."

"그런 것은 없소."

"섭섭하군요."

"미안하오."

모용란은 고개를 끄덕였다.

"좋아요. 그럼 이제 제게 하실 당부의 말이나 들어볼까요?"

위탕복은 자신을 향한 그녀의 마음에 고마움을 느끼며 곧 차근히 이야기를 시작했다.

　　　　*　　　　*　　　　*

　진신극은 빛을 향해 조금씩 나아갔다.

　그 어떤 빛보다 지순하며 무결한 빛.

　그것을 그들은 광원(光源)이라 불렀다.

　빛의 근원.

　빛을 반사시키는 것이 아닌, 빛의 기운을 얻어 그것을 내뿜는 것도 아닌, 오직 스스로 빛을 발하는 것.

　마치 천공에 떠 있는 태양의 일부를 옮겨다놓은 듯한 그것이 광령문의 지하 깊숙한 곳에 존재한다는 사실은 매우 놀라운 일이었다.

　한참을 광원을 향해 나아간 진신극의 몸은 어느새 형체조차 분간할 수 없을 만큼 빛나고 있었다.

　하지만 어느 순간 그는 더 이상 나아가지 못하고 짧은 신음을 흘렸다.

　"으음……!"

　그는 엄습하는 두려움에 몸을 떨었다.

　도저히 더는 움직일 수 없다. 수십 번, 수천 번, 아니, 수만 번을 되풀이하였으나 마찬가지였다.

　더 이상 가까이 가면 죽을 것이다. 하지만 죽음이 두려워 움직이지 못하는 것이 아니다.

그것은 본질적인 두려움이었다.

범접치 못할 무결한 존재에 대한 경외.

자신의 모든 것이 발가벗겨지는 듯한 참혹한 공포!

"크윽!"

진신극은 결국 손을 들어 자신의 얼굴을 가렸다. 더는 감히
저 빛을 마주할 수 없었다.

'저것을 가질 수 있다면! 저것만 가질 수 있다면 그를 대적
할 수 있을 것인데……!'

그는 또다시 자괴감에 사로잡혔다.

광원만 온전히 얻을 수 있다면 능히 관우를 상대할 수 있을
것이다.

관우가 얻은 것이 바람의 근원이라면, 그것을 상대할 수 있
는 것은 다름 아닌 눈앞에 있는 광원인 것이다.

하지만 자신은 저것을 얻지 못한다. 도무지 저것을 얻을 방
도가 없었다.

'하늘은 대체 왜 저것을 우리에게 보였는가?'

이천 년 전, 선진들이 광원을 발견한 이후 줄곧 그들의 뇌
리를 떠나지 않은 의문이 바로 그것이었다.

진신극 역시 그러한 의문을 풀기 위해 선진들이 그러했던
것처럼 모든 노력을 기울였으나 허사였다.

하지만 이제야 그는 그 답을 알 수 있을 듯했다.

'광원은 절대 가질 수 없다!'

자신 이전의 선진들은 그 사실을 인정하지 않았다. 그렇기에 답을 찾을 수 없었다.

그러나 진신극은 인정했다. 관우를 통해 보았기 때문이다. 광원에게서만 느낄 수 있었던 지순무결한 힘을!

관우는 그 힘을 소유하고 있지 않았다. 그저 그 힘이 관우와 함께할 뿐이었다.

'그건 가질 수 있는 것이 아니다! 다만 그것이 함께할 자를 선택할 수 있을 뿐!'

하늘은 처음부터 자신들이 가질 수 없는 것을 주었다.

그건 달리 말하면 갖지 말라는 것과 다르지 않다. 더 정확히는 결코 하늘의 선택을 받지 못한다는 뜻이었다.

깨달음은 곧 절망으로 이어졌다.

수천 년을 이어온 자신들의 대망은 이뤄지지 못할 것이다. 그건 수령문과 지령문도 마찬가지.

세상은 결국 하늘의 선택을 받은 풍령문에 의해 구함받을 것이다.

하지만 그렇다고 모든 것을 포기할 수는 없었다.

'하늘의 선택을 받지 못했다면, 하늘이 선택한 자라도 내 것으로 만들 것이다!'

다시금 의지를 다진 진신극의 신형은 삽시간에 광원으로부터 멀어졌다.

자신의 거처로 돌아온 진신극은 곧 한 사람을 맞았다. 서목이었다.

그는 자신 앞에 시립한 서목을 향해 입을 열었다.

"이번엔 좀 늦었구나. 성과가 있었느냐?"

"죄송합니다. 그의 종적은 여전히 찾지 못했습니다."

"청원, 아우의 행방은?"

"그 역시, 죄송합니다."

서목은 몸 둘 바를 몰라 했다. 진신극은 지그시 눈을 감으며 작게 고개를 끄덕였다.

"되었다. 둘의 행방을 찾는 일은 이제 그만두어라."

서목은 적잖이 놀랐다.

"차라리 벌을 내려주십시오. 기필코 찾아내겠습니다."

"아니다. 애초에 그의 종적을 찾아내는 건 불가능한 일이었다. 더는 마음 쓰지 말거라."

"어찌할 생각이십니까?"

"오늘 아침 무영이 떠났다."

"……?!"

"그를 찾아 나선다 했다."

"하면 저희라도 함께 보내셔야 하지 않습니까?"

"내가 함께 가겠다고 해도 말을 듣지 않았다."

"지금이라도 따르겠습니다."

진신극은 고개를 저었다.

"너도 알고 있을 것이다, 무영이 그에게 연심을 품고 있는 것을."

"맡겨두시는 것입니까?"

"아비로서는 그렇다. 하나 본 문의 주인으로서는 기대를 가지고 있다."

"……?"

서목은 문득 깊은 의문이 들었지만 차마 고개를 들어 진신극의 얼굴을 쳐다보지 못했다.

진신극의 음성이 이어졌다.

"목, 그의 능력이 어떠한지는 너도 직접 보아 알 것이다."

"……."

서목의 두 눈이 가늘어졌다. 어찌 있을 수 있겠는가? 관우와 대면했던 그날 그가 받았던 충격을.

"본 문은 결코 그의 힘을 감당할 수 없다."

꿈틀!

순간 서목은 자신도 모르게 몸을 떨었다.

진신극.

그는 서목에게 지존이었다. 그런 자의 입에선 방금과 같은 말이 나와서는 안 된다.

하지만 서목은 즉각 '아니다'라고 말하지 못하였다. 이미 스스로도 마음으로 인정하고 있던 것이었기에…….

그런데 정작 더욱 놀라운 말은 그다음이었다.

"그래서 나는 그 힘을 가지고 싶다."

"……?"

이젠 고개를 들지 않을 수 없었다.

"아니, 가질 순 없더라도 그 힘이 본 문을 향하는 일이 없게 끔 만들고 싶다."

"무슨… 말씀이십니까?"

"무영은 더 이상 본 문의 후계자가 아니다."

"……?!"

"그가 풍령문의 전인임을 알고도 묵인했으니, 씻을 수 없는 죄를 저질렀다. 이는 죽어 마땅하다."

"문주님……!"

"무영은 다시 돌아오지 않을 것이다. 그 아일 내 손으로 죽이진 못했으나 아마도 앞날은 죽음보다 고통스러울 터, 만일 무영이 그를 만난다면 살 것이요, 만나지 못한다면 스스로 목숨을 끊을 것이다."

'그런 것이었습니까?'

서목은 이제야 진신극의 뜻을 확실히 이해했다.

진신극은 진무영을 이용하여 풍령을 끌어들일 생각이었다.

말 그대로 이용이다. 대망을 위해서 자식의 진실된 마음과 희생은 미끼가 되었다.

서목은 문득 진신극을 응시했다. 한 치의 흔들림이 없었다.

그 내심이야 어떻든, 지금 자신 앞에서 보여주는 저 모습이 바로 진신극의 뜻이었다.

서목은 잠시 진탕되었던 마음을 누르고 다시금 고개를 숙였다.

"문주님께서 포기하지 않으셨다면 저희 모두 또한 대망을 포기하지 않습니다. 하여 청하오니, 풍령의 종적을 찾는 일을 계속하게 해주십시오. 결국 그를 찾아내는 것이 급선무가 아니겠습니까?"

그러나 진신극은 가볍게 고개를 저었다.

"이미 말하였듯, 그는 우리가 찾고자 하여 찾을 수 있는 자가 아니다. 하늘이 무영과 그의 인연을 예정하였으니, 다시 만나는 것 또한 하늘의 뜻대로 될 테지."

"하오나……."

"대신 너는 따로 할 일이 있다."

"……?"

"본 문의 대망을 이룸에 있어 풍령문만이 걸림돌은 아니다. 지문은 이미 사라졌으니, 남은 곳은 둘뿐이구나."

"어느 곳을 치시렵니까?"

"비록 본 문을 기습하긴 했으나 천문의 무리는 우리가 움직이지 않는 한 쉽게 행동을 취하지 못할 것이다. 애초에 세웠던 계획대로는 아니지만, 지금의 상황은 수문을 치기에 적기라고 할 수 있다."

"하오면?"

"총공격이다. 지금 즉시 모든 석로들을 청하라!"

"예! 문주!"

서목은 크게 대답한 후 즉각 물러갔다.

홀로 남은 진신극에게서 가는 한숨이 새어 나왔다.

'무영, 그를 꼭 찾길 바란다. 이것은 네 마음을 아는 아비
로서의 진심이다!'

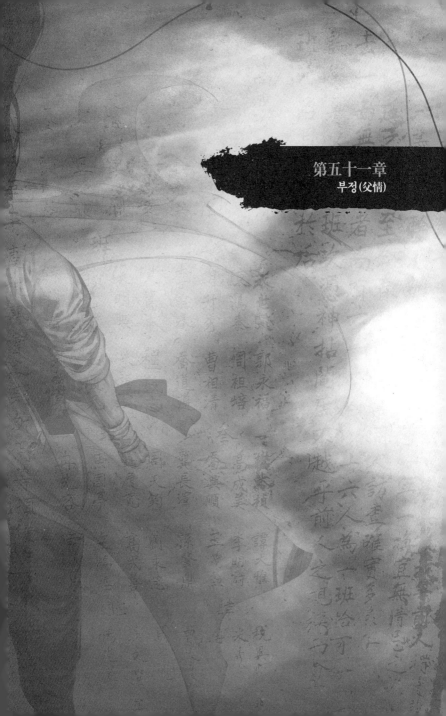

第五十一章
부정(父情)

風神遺事

시간이 지났지만 태실산은 여전히 고고함을 잃지 않았다.

그 끝자락에 서 있는 허름한 초막 안.

얼마 전까지 무애가 기거하던 그곳에 한 사람이 누워 있었다. 얇은 이불로 몸을 덮은 그의 얼굴은 매우 초췌했다.

또한 덮은 이불 위로 드러나는 몸의 굴곡은 정상인의 그것과는 큰 차이가 있었다.

다리의 윤곽이 있어야 할 곳을 빈 이불이 대신하고 있었다.

장청원.

천문의 기습에 홀로 끝까지 대항하다가 홀연히 자취를 감추었던 그가 이곳에 있었다.

당시 그는 천문주와 소광특, 포랍의 합공을 받아 두 다리를
잃었다.

그러나 바로 그 절체절명의 순간 눈 깜짝할 사이에 그 자리
에서 사라져 버렸던 것이다.

사박…….

초막 밖에서 인기척이 들렸다.

장청원은 감았던 눈을 천천히 떴다.

이윽고 문이 열리며 한 사내가 들어섰다. 그는 두 눈이 없
었다. 관우였다.

"오늘은 좀 어떻소?"

관우는 들어서자마자 물었다. 한 손에는 먹음직스런 열매
가 들려 있었다.

대답없는 장청원의 곁에 앉은 관우는 그의 몸 여기저기를
조심스럽게 살폈다.

"외상은 이제 다 나았군. 다행이오."

"……."

장청원은 여전히 대꾸가 없었다. 그저 관우의 얼굴을 말없
이 응시할 뿐이었다.

관우는 그런 그의 시선을 느꼈지만 무시하고 들고 온 과일
중 하나를 꺼냈다. 그리곤 그것을 먹기 좋게 잘라 장청원의
손에 쥐어주었다.

"드시오. 본래 이곳의 주인이셨던 분께서 즐겨 드셨던 것

이오."

하지만 장청원은 과일을 손에 쥔 채로 관우에게서 눈을 떼지 않았다.

"이제 기운을 차려야 하지 않겠소. 뭐라도 드셔야 기력이 회복될 거요."

관우의 말이 끝난 바로 그때였다.

"교아야……."

"……!"

순간 관우는 감전된 듯 전신을 떨었다.

"부교, 너는 진정 부교가 아니란 말이냐!"

"또 그 소리군. 이미 말했듯, 나는 부교가 아니오. 진정 내가 누구인지 모르는 거요?"

"거짓말 말아라! 네가 내 아들 부교가 아니면 어찌 나를 구한단 말이냐!"

"그 또한 말하지 않았소? 당신을 통해 광령문의 본거지를 알아내기 위함이었다고."

"그런 터무니없는 말을 나더러 믿으라는 것이냐!"

격정을 이기지 못한 장청원의 몸이 크게 들썩이자 관우 또한 참지 못하고 고성을 내질렀다.

"믿으시오! 그냥 믿으란 말이오! 그게 좋소……."

"……!"

그대로 둘은 굳은 채 입을 닫았다.

짧은 정적 속에 수많은 이야기가 오갔다.

그러다 문득 관우가 슬쩍 고개를 돌렸다.

장청원은 보았다, 고개를 돌리기 전 관우의 눈에 고인 것은 분명 눈물이었다.

"으음……."

신음과도 같은 한숨이 장청원의 입술 사이로 나직이 새어 나왔다.

둘은 다시 미동조차 없었다.

그리고 다시 긴 침묵이 좁은 초막 안을 가득 메웠다.

그렇게 얼마의 시간이 지났을 때, 드디어 닫혔던 장청원의 입이 열렸다.

"만일 내가 짐작하는 것이 모두 맞다면, 그래… 그랬겠지."

그의 음성은 조금 전과 달리 매우 차분했다. 아니, 차분하다 못하여 애절함이 묻어났다.

"모든 것을 예감했으면서도 그것을 애써 부인하려 했던 나의 잘못이 가장 크다."

장청원은 깊은 회한에 잠겼다. 많은 의미가 담긴 그의 말에 관우는 귀를 기울이지 않을 수 없었다.

관우가 여전히 자신의 아들임을 시인하지 않았으나 장청원은 더 이상 그에 대하여 묻지 않고 말을 이었다.

"갓난아이 때부터 너는 바람을 좋아했다. 아니, 단순히 좋아하는 것이 아니라 바람을 좇았다고 해야겠지. 바람이 없으

면 너는 살 수가 없을 정도였으니 말이다. 그런 너를 보며 나
는 깊은 우려와 고민에 빠졌다. 또한 큰 의문을 가지지 않을
수 없었다. 대체 빛을 숭앙하는 내게 어찌하여 너와 같은 아
이가 태어난 것인지. 그것도 하필이면 바람을 좇다니……."

"……."

관우는 묵묵히 그의 말을 듣고 있었다.

지금껏 깊이 생각지 못했던 말들이 장청원으로부터 흘러
나왔다.

자신이 겪어온 괴로움만 생각했지, 정작 자신을 아들로 둔
장청원의 고통은 헤아려 본 적이 없었다.

"자랄수록 네 바람에 대한 집착은 더해졌다. 그런 네게 빛
의 기운을 전하여 준다는 것은 불가능한 일이었다. 나아가 내
가 누구인지, 본 문이 어떤 곳인지 알려주는 것조차 포기할
수밖에 없었다."

그랬다. 장청원은 한 번도 자신에게 광령문에 관한 이야기
를 해준 적이 없었다. 그로 인해 겪었을 고충도 컸을 것이다.
특히 광령문주 앞에서의 처신이 쉽지 않았으리라.

"그러던 어느 날 네가 나를 찾아왔다. 집을 떠나겠다고 했
지. 나는 네게 바람을 찾아 떠나느냐고 물었다. 그에 대한 네
대답이 무엇이었는지 기억하느냐?"

"바람이 될 거예요."

관우는 그날의 일을 떠올리며 깊은 회한에 빠졌다.

'그날 그렇게 떠나지만 않았더라면……!'

이런 식으로 자신의 아버지와 다시 만나게 되는 일은 없었을 터.

하지만 그땐 그럴 수밖에 없었다. 다시 돌아가더라도 자신은 동일한 선택을 했을 것이다.

"네 대답을 듣고 나는 충격받지 않을 수 없었다. 그리고 생각했지, 너를 보며 가졌던 불길한 예감이 현실이 될지도 모른다는……."

관우는 그 예감이란 것이 무엇인지 짐작할 수 있었다.

"네가 떠난 후 줄곧 사람을 붙여두었다. 그를 통해 네 소식은 들을 순 있었으나, 한 번도 찾아가 보진 않았다. 네가 스스로 돌아오지 않는다면 다시 너를 보지 않기로 결심했기 때문이다. 그런데 그렇게 십 년이 지났을 무렵 네가 사막에서 목숨을 잃었다는 소식을 듣게 되었다. 당장 달려가 너를 삼켰다던 모래폭풍이 일어난 곳을 샅샅이 살폈으나 네 시신은 끝내 찾지 못했지."

장청원의 이야기는 거기에서 잠시 멈췄다.

관우는 묵묵히 그의 입이 다시 열리길 기다렸다. 지금 상황에서 그것 말고는 달리 할 것이 없었다.

그때 장청원이 천천히 몸을 일으켰다.

간신히 상체를 일으킨 그의 안색은 몹시 파리했다.

"답답하구나. 밖으로 나가자."

관우는 팔을 뻗어 그를 부축하려 했다. 하지만 장청원은 손을 내저었다.

"아직은 네 힘을 빌리고 싶지 않구나."

"……?!"

그의 한마디에 관우는 내심 놀랐다. 뭔지 모를 차가움이 느껴졌기 때문이다.

이윽고 장청원의 몸이 위로 떠오르더니 곧 초막 밖으로 움직였다.

초막 곁에 우뚝 서 있는 아름드리 계수나무 아래 멈춘 그는 천천히 주위를 둘러보곤 작게 고개를 끄덕였다.

"좋은 곳이구나. 본래 이곳의 주인이었던 자는 아마도 마음이 고요하였을 것이다."

그의 신형은 여전히 공중에 떠 있으나 조금도 불안해 보이진 않았다. 사실 두 다리가 없는 것은 그에게 큰 장애가 될 수 없었다.

관우는 장청원의 곁에 서서 잠시 상념에 잠겼다.

바로 이 자리였다, 무애 성승에게 가르침을 받았던 곳이.

그때만 해도 사명감으로 충만해 있던 때였다.

지금의 자신과 비교가 되어 갑자기 씁쓸함이 밀려왔다.

장청원은 관우에게서 한층 무거워진 분위기를 느낄 수 있었다.

'네겐 그리 좋은 기억이 있는 곳이 아닌가 보구나.'

관우에게선 대꾸가 없었지만 장청원은 계속해서 말을 이었다.

"한 가지 묻겠다."

"……?"

"처음부터 내가 아비인 것을 알고 있었느냐?"

"……."

관우는 역시 대답하지 않았다.

하지만 이번엔 장청원 또한 끝까지 침묵을 지키며 대답을 요구했다.

"기억을 모두 잃어버렸었지요."

드디어 흘러나온 관우의 음성.

장청원은 놀라워하면서도 곧 고개를 끄덕였다.

"그랬구나, 그랬어."

그의 두 눈에 아들을 향한 애잔함이 떠올랐다. 그러나 그것도 잠시, 그는 이내 안색을 회복했다.

"왜 기억을 잃은 것인지, 또 네가 어떻게 풍령문의 전인이 되었으며 본 문엔 어찌하여 잠입한 것인지 묻진 않겠다. 이제 와서 그런 것은 중요치 않기 때문이다."

"……?"

관우는 다시 한 번 거리감을 느꼈다.

그런 것들이 중요하지 않다니?

아비로서 당연히 궁금해야 하는 것이 아닌가?

"그럼 무엇이 궁금하십니까?"

자기도 모르게 한마디가 튀어나왔다.

낮고도 힘있는 어조였다.

"너와 소주와 관련된 일은 모두 들어 알고 있다. 또한 네가 지령문을 소멸시킨 것과 근방의 도시 전체를 폐허로 만들었다는 소식도 들었다."

마지막 말에 관우의 표정이 굳었다.

장청원은 이를 알아차렸지만 애써 무시하며 말했다.

"내가 궁금한 것은 하나다. 본 문을 어찌할 것이냐?"

"……!"

관우는 두 주먹을 불끈 쥐었다.

고작 자신에게 궁금한 것이 그것이라니! 십여 년 만에 만난 아들이 아닌가?

아니, 궁금할 수는 있다. 하지만 그걸 꼭 지금 이 순간에 물어야만 하는가?

그것도 마치 적을 대하듯이 말이다.

"잔인하시군요."

"알고 있다. 하나 어쩔 수 없다. 네가 내 아들이라도, 지금 이 순간 우리가 다정함을 나눌지라도, 결국은 이렇게 될 수밖에 없는 운명이기 때문이다. 그건 네가 집을 떠났을 때도, 지금도, 또 앞으로도 변하지 않을 것이다."

"광령문도로서의 충심이 자식을 향한 마음보다 강하다는 말씀입니까?"

"네가 없는 나는 존재할 수 있으나, 본 문이 없이는 난 존재할 수 없다."

"……!"

관우는 할 말을 잃었다.

이건 아니다.

죽었던 아들을 다시 만난 아버지가 그 아들 앞에서 할 말은 아니지 않는가?

물론 아버지와의 따뜻한 해후를 위해 장청원을 구한 것은 아니었다.

아버지니까, 아들이니까 위기에 놓인 것을 보고 가만히 있을 수 없었을 뿐이다.

그러나 막상 아버지가 곁에 있자 은연히 의지하고픈 마음이 올라왔다. 혹여 아버지가 혼란에 빠진 자신을 잡아줄 수 있지 않을까 하는 기대가 생겼던 것이다.

눈물의 상봉까지는 바라지도 않았다. 적어도 아버지를 통해 본래의 자신을 찾아볼 수라도 있길 바랐다.

하지만 그와 같은 기대는 무참히 깨어졌다.

장청원에게 있어 자신은 아들이기에 앞서 광령문의 대망을 가로막을 대적이었던 것이다.

"하! 하하하! 크하하하하하……!"

관우는 하늘을 향해 크게 웃었다.

분노와 허망, 고통과 슬픔이 소성에 실려 골짜기 전체에 울려 퍼졌다.

웃음이 그치고 본래의 신색으로 돌아온 관우의 입이 열린 것은 한참 후였다.

"고맙습니다."

"……?"

"하마터면 잠시 제 주제가 무엇인지 착각할 뻔했는데, 이렇게 저를 일깨워 주시는군요."

관우의 음성은 허허로웠다. 그리고 싸늘했다.

"제가 어떻게 풍령문의 전인이 되었으며, 또 지금껏 어찌 살아왔는지 물으셨다면 질문하신 것에 대하여 더욱 자세한 대답을 들으실 수 있었을 터인데……. 뭐, 아쉽지만 대답해 드리지요. 지령문주가 스스로 저를 찾아왔었습니다. 저를 없애기 위해서 왔다더군요. 그래서 그자를 비롯한 모두를 없애 버렸습니다. 광령문을 어찌할 것인지 물으셨습니까?"

"……!"

"처음엔 빌어먹을 제 운명을 스스로 저주하며 그냥 그대로 놔둘지도 생각했습니다. 그런데 지금은 이런 생각이 드는군요. 하늘이 정한 이 운명의 종착지가 과연 어디일까 하는……."

"그게… 무슨 뜻이냐?"

장청원의 음성은 떨리고 있었다. 그의 마음은 고통스런 운명 가운데 허우적거리고 있는 관우를 향한 걱정과 자신의 근원인 광령문에 대한 염려로 뒤섞여 있었다.

하지만 그것을 아는지 모르는지 관우의 말은 거침이 없었다.

"저도 모르겠습니다, 과연 어찌할지……."

"……?!"

"아버지란 분이 자식보다 귀히 여기시는 곳이니 그냥 두고 싶기도 하고, 또 한편으론 눈앞에 서 있는 자식에게 비수를 꽂을 만큼이나 대단한 곳인가 궁금하기도 하고……. 뭐, 그렇군요. 후후."

"……."

분노와 조롱이 고스란히 담긴 말투였다.

장청원은 적잖이 충격을 받았다. 이 정도의 반응을 보일 거라곤 예상치 못했다.

"변했구나. 지금의 너는 어릴 적 집을 떠나기 전은 물론이요, 처음 본 문에 들어왔을 때와도 다르다."

그의 음성엔 진한 안타까움이 묻어났다.

하지만 그의 말에 관우는 발끈했다.

"제가 변했다고요? 글쎄요, 누구나 눈앞에서 아버지로부터 버림을 받는다면 이런 식의 반응을 보이지 않겠습니까? 제가 보기엔 오히려 아버지께서 변하신 것 같군요?"

"난 항상 교아 너를 동일한 마음으로 대했다. 그리고 그것은 다시 너를 만난 지금도 마찬가지다."

"동일한 마음이라……. 후후, 그렇겠군요. 그때나 지금이나 아버지의 마음엔 항상 광령문이 일순위였겠지요. 후후……."

관우는 비아냥거렸다.

하지만 장청원은 그 속에 감춰진 슬픔과 괴로움을 볼 수 있었다.

그는 관우를 애처롭게 바라봤다. 그런 그의 시선을 느낀 관우는 웃음을 그치고 정색했다.

"그 눈빛, 어릴 적 항상 저를 바라보시던 바로 그 눈빛이군요. 그땐 저를 측은히 여기시는 듯했는데, 이제 알겠습니다. 측은히 여기셨던 게 아니라, 미안함이 담긴 눈빛이었군요. 뭐, 어쨌든 좋습니다. 그래도 자식에 대한 일말의 애정은 갖고 계신다는 뜻이니까요."

그 말을 끝으로 관우는 신형을 돌렸다.

"더 이상 제 도움은 필요없으실 것 같군요."

장청원은 말없이 관우의 뒷모습을 응시했다.

"이만 돌아가겠습니다. 보중하십시오."

"……."

이대로 헤어지면 이제 정말로 다시는 관우를 보지 못할 것이다.

그는 솟구치는 눈물을 삼키며 입을 열었다.

"네 어미는……."

"……!"

"만나보았느냐?"

떠나려던 관우는 움찔했다.

"뵈었습니다, 먼발치에서……."

"만나지 말거라. 앞으로도."

"……?!"

부르르!

'크윽!'

치솟는 분노와 야속함에 관우는 치를 떨었다.

아버지 장청원은 마지막까지 자신의 가슴을 향해 비수를 날렸다.

"그러… 지요."

피가 배이도록 입술을 깨문 관우는 그대로 허공으로 사라졌다.

장청원은 관우가 떠난 뒤에도 한동안 미동도 없이 서 있었다.

그러던 어느 순간 그의 몸이 바닥으로 무너져 내렸다.

털썩!

맥없이 무릎을 꿇은 그는 다시 일어날 기미를 보이지 않았다.

'교아야! 미안하구나! 불쌍한 내 아들! 괴로워하는 것을 보고도 위로 한마디 해줄 수 없는 이 아비는 용서도 빌지 못한다.'

이제껏 억눌렀던 눈물이 줄이 되어 흘러내렸다.

'사랑한다! 네가 세상에 태어났을 때부터 지금까지 너를 향한 내 마음은 항상 동일했다. 사랑한다! 내 아들! 부디 이 아비에 대한 마음을 접어 조금이나마 네 마음의 괴로움이 덜어지기를⋯⋯!'

허공을 향한 그의 두 눈에선 서서히 생기가 빠져나가고 있었다. 그리고 그럴수록 그의 전신은 새하얗게 변해갔다.

그러던 어느 순간.

쩌엉!

눈부신 섬광이 번쩍임과 동시에 그의 신형은 사라졌다.

*　　　*　　　*

태실산을 떠난 관우는 계속해서 서쪽으로 날아갔다.

중원 땅을 넘어 마침내 당도한 곳은 대리였다.

자신이 태어난 곳, 고향⋯⋯.

지령문주를 제거하고 무작정 향한 곳이 바로 이곳이었다.

그 어디에도 마음 편히 갈 곳은 없었지만, 그냥 발걸음이 이곳으로 향했다.

어머니 연정옥이 사는 집을 지척에 두고 이해 근방 숲에 당하연을 두었다.

풍령에 의해 제압당한 그녀를 바라보며 관우는 깊이 고민했다. 제압을 풀어야 할지, 말아야 할지.

풀어야 함이 옳았지만 정신을 차린 그녀의 눈을 마주할 용기가 나질 않았다. 그렇다고 그녀를 이대로 홀로 둔 채 사라져 버릴 자신도 없었다.

그렇게 며칠을 갈등했다. 그리고 주변에 결계를 친 뒤 그곳을 잠시 떠났다. 아버지 장청원을 만나기 위해서였다.

본래는 먼저 당하연과의 인연을 정리한 뒤 찾아갈 계획이었지만, 쉽게 그녀를 향한 마음을 정리하지 못하고 결국엔 아버지부터 만나보기로 생각을 바꾼 것이다.

그러나 어천성까지 찾아가 막상 아버지의 모습을 대하고 나니 선뜻 그 앞에 나서기가 망설여졌다.

만나서 무슨 이야기를 해야 할까? 어디서부터 말을 할까? 아버지는 나를 보고 어떤 반응을 보이실까?

수많은 생각으로 머릿속이 복잡해질 뿐이었다.

그런 와중에 천문이 기습을 감행했다.

처음엔 어떻게 처신해야 할지 몰라 싸움을 지켜보다가 아버지 장청원이 큰 위기에 몰린 것을 보고 반사적으로 몸을 날렸다.

그렇게 부상을 당한 장청원을 무애의 거처였던 곳으로 옮긴 후에도, 장청원이 정신을 차린 후에도 또다시 갈등은 시작됐다.

그리고 장청원이 자신이 아들임을 알아챘을 때, 갈등은 증폭됐다. 그것은 전과는 다른 갈등이었다.

전의 것이 단순한 염려로 인한 갈등이었다면, 이것은 어떤 기대가 섞인 갈등이었다. 아들이 아버지를 향해 갖는 기대 말이다.

"크흐흐! 빌어먹을!"

관우는 이곳을 떠날 때 보았던 모습 그대로 누워 있는 당하연을 바라보며 자조했다.

잠시나마 나약한 마음을 품은 자신이 너무나도 한심해 화가 났다.

"…너는 나약하다. 넌 풍령의 힘을 감당할 수 있는 자가 아니다. 하늘이 왜 너를 택했는지 모르겠구나. 만약 하늘도 후회라는 것을 한다면, 바로 너로 인해 하게 될 것이다."

죽기 전 지령문주의 곁에 있던 현로가 남긴 말이 문득 떠오르자 관우는 자신의 귀를 막고 소리쳤다.

"닥쳐! 닥치란 말이야! 모든 건 내가 한 것이 아니야! 저 빌어먹을 하늘이 날 이렇게 만든 거라고! 내 모든 걸 망쳐 놨어! 내 삶도! 내 가족도! 내 사랑도……!"

거친 분노가 여과없이 쏟아져 나왔다.

"너는 이미 미쳤다."

"빌어먹을! 닥치라고! 크아아악!"

마구 소리지르던 관우는 어느 순간 괴성을 멈췄다.

붉게 충혈된 두 눈은 당하연을 향하고 있었다.

그녀에게 시선을 고정시킨 채 관우는 서서히 다가갔다.

"연 매, 나는 미치지 않았어. 그렇지? 나는 단지 위로가 필요했을 뿐이야. 모든 것으로부터 외면당한 채 아무것도 선택할 수 없는 내 심정을 그 누구도 알 수 없을 거야. 연 매는 이런 날 이해해? 이해할 수 있어? 그렇다면 어서 말해줘, 나를 이해한다고. 제발……. 어서!"

관우의 말이 끝남과 동시에 당하연의 혼을 제압하고 있던 풍령이 사라져 버렸다.

정신을 차린 그녀는 눈을 떴고 그와 동시에 그녀 앞에 서 있는 관우의 얼굴을 볼 수 있었다.

"오라… 버니?!"

그녀는 심상치 않은 관우의 모습에 속에서 올라온 모든 질문을 삼킬 수밖에 없었다.

정말로 관우가 맞는지 다시 한 번 살펴볼 정도였다.

거친 호흡과 자신에게 뭔가를 갈구하는 듯한 저 눈빛.

그리고 그 눈빛 속에 가득한 짙은 슬픔이 고스란히 전해져 왔다.

순간 가슴이 뭉클해진 그녀는 몸을 일으켰다.

자신이 정신을 잃은 사이 무슨 일이 있었는지 알 순 없었다. 그녀가 아는 거라곤 관우를 향해 화를 내다가 그에 의해 정신을 잃었다는 것뿐이었다.

하지만 지금 이 순간 그러한 것들은 중요치 않았다. 관우는 울고 있었고, 자신을 향해 온전히 마음을 내어 보이고 있었다.

그 마음이 자신에게 갈구한다. 기꺼이 어루만져 주길 원하고 있었다.

천천히 관우에게 다가간 그녀는 그대로 관우의 품에 안겼다. 그리고 두 팔로 관우의 등을 감쌌다.

거칠게 요동치는 관우의 심장 소리가 들린다.

"괜찮아. 괜찮아, 오라버니……."

뛰는 심장을 향해 그녀는 말했다. 그녀의 속삭임에 심장의 요동이 서서히 잦아들기 시작했다.

"난, 난 미치지 않았어."

관우의 음성은 한층 차분해져 있었다. 당하연은 관우의 가슴에 얼굴을 묻고 고개를 끄덕였다.

"그래."

"나는, 아무것도 할 수가 없어. 아무것도……."

"그래."

"이런 날 이해해?"

"응. 이해해."

"정말 날 이해할 수 있어?"

"응."

"아니야! 아무도 날 이해할 수 없어. 그 누구도……. 연 매라도……!"

"난 이해해."

"거짓말 하지……!"

"슬퍼하지 마, 오라버니."

"……?!"

"사랑해."

"……!"

"사랑해…….."

당하연은 관우를 더욱 힘주어 껴안았다.

관우는 굳은 상태로 허공을 멍하니 응시했다.

찢기고 상한 채 차갑게 얼어붙었던 자신의 마음 위에 어딘가로부터 불어온 거대한 온기가 사뿐히 내려앉는 것을 느낄 수 있었다.

"연 매."

관우는 그제야 손을 들어 당하연의 몸을 감싸 안았다.

"미안해! 연 매!"

"사랑해! 오라버니!"

두 사람의 눈에선 동시에 뜨거운 눈물이 흘러내렸다.

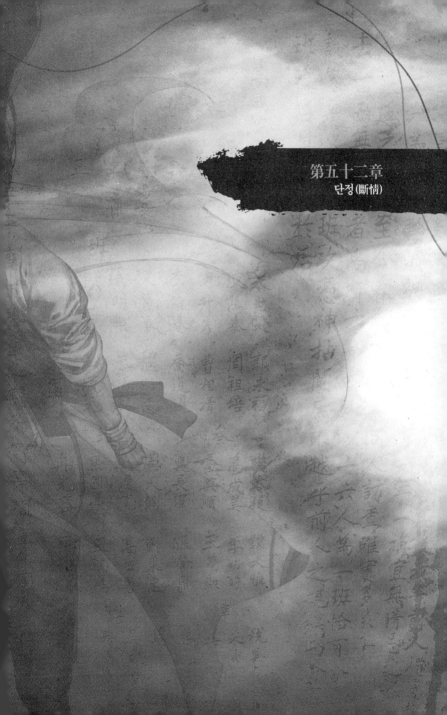

第五十二章
단정(斷情)

風神遺事

풍신유사

꽈광! 꽈르릉……!

비가 내린다.

운남의 밀림에선 언제든 맞이할 수 있는 폭우였다.

철퍽! 철퍽……!

진무영은 비를 맞으며 질퍽이는 늪지를 유유히 가로지르고 있었다.

어두운 몽면으로 얼굴을 가린 그녀의 젖은 경장 안으로 여인의 굴곡이 드러났다.

불과 얼마 전까지만 해도 생각지 못할 일이었지만, 지금은 스스로 여인임을 드러내는 것에 아무런 거리낌이 없는 그녀다.

그러나 대신 이젠 얼굴을 가리고 다녀야만 하는 처지가 된 것이 슬플 뿐이다.

진무영은 내리는 비를 굳이 피하지 않았다.

그날도 비가 내렸었다.

곁에는 관우가 있었다. 그 사실만으로도 그녀는 가슴이 뛰었다. 적어도 지금보다는 행복한 시간들이었다.

기억을 떠올리며 그녀는 천천히, 그러나 쉬지 않고 걸었다.

광령문을 떠나 전에 관우와 마지막으로 함께했던 길을 그대로 다시 되짚으며 올라갔다.

당시 관우는 목적지를 묻는 그녀에게 대리라고 대답했었다. 때문에 관우를 찾아 나선 그녀의 목적지 또한 대리다.

관우가 왜 대리에 가려 했는지, 그땐 그 까닭을 알 수 없었다. 그리고 그건 지금도 마찬가지다.

하지만 짚이는 건 있었다.

대리엔 장청원의 집이 있다. 그녀는 거기에 관우를 데리고 함께 갔었다.

왠지 모르지만, 강하게 마음이 그쪽으로 끌렸다. 그곳으로 가면 관우를 만날 수 있을 것 같다는 생각이 들었다.

그러자 더는 가만히 있을 수가 없었다. 관우를 향한 그리움이 물밀듯 밀려왔다.

하여 아버지 진신극에게 작별을 고했다.

말 그대로 작별이었다. 진신극은 떠나는 그녀에게 다신 돌아오지 말 것을 명했다. 아버지가 아니라 광령문의 주인으로서.

그녀는 아버지 진신극의 말이 진심인 것을 안다.

또한 자신을 떠나보내며 아버지가 가진 기대가 무엇인지도 잘 알고 있었다.

하지만 그녀는 야속하거나 섭섭하지 않았다. 오히려 마음이 홀가분했다. 너무나 아무렇지 않아서 아버지 진신극에게 미안한 마음이 들 정도였다.

더 이상 광령문의 대망은 그녀의 짐이 아니었다.

모든 것이 거두어진 지금에서야 비로소 그것이 짐이었음을 깨달았다.

지금껏 내면을 가득 채우고 있던 것을 잃어버린 탓에 공허함이 클 거라 생각했는데, 의외로 담담한 자신이 그녀 스스로 신기했다.

'그의 존재가 내게 그와 같이 컸던가······?'

새삼 느낀 진무영의 걸음이 빨라졌다.

이대로 간다 해도 관우를 만날 수 있을지 확실하지 않다.

또 만난다고 해도 관우가 자신을 받아준다는 확신도 없다.

그럼에도 그녀는 나아갔다.

대리가 가까워질수록 그녀의 가슴은 점점 더 설레고 있었다.

*　　　*　　　*

이튿날 아침.

당하연은 햇살 아래서 눈을 떴다.

황급히 옆자리를 확인한 그녀는 크게 안도했다. 이미 일어난 관우는 떠오른 햇살을 등진 채 이해의 물결을 바라보고 있었다.

"깼어?"

나직한 음성이 관우의 입에서 흘러나왔다.

"으응……."

당하연은 관우가 자신을 향해 고개를 돌리지 않은 것을 다행이라 여기며 어색하게 대답했다.

둘은 관우가 쳐 놓은 결계 안에서 하룻밤을 보냈다.

누가 먼저랄 것도 없었다.

마음이 눈물이 됐고, 눈물이 뜨거움이 됐다. 그 뜨거움이 두 사람을 떼어놓지 않았을 뿐이다.

하지만 간밤의 일이 생각난 그녀는 문득 밀려오는 부끄러움에 본능적으로 몸을 움츠렸다. 그녀는 아직도 옷을 걸치지 않고 있었다.

그렇게 한참 동안 두 사람은 말이 없었다. 관우가 다시 말을 걸어주길 바랐던 당하연은 결국 어쩔 수 없이 먼저 입을 열 수밖에 없었다.

"…무슨 생각해?"

"아무것도……."

"……!"

순간 벗어놓은 옷으로 몸을 가리던 당하연은 내심 탄성을 내질렀다. 치기 어린 수치심에 잠시나마 관우의 상태를 망각한 자신이 한심해서였다.

그녀는 금세 차분한 신색을 회복했다.

"고마워."

"……?"

"떠나지 않아줘서."

관우는 비로소 그녀를 향해 시선을 돌렸다. 관우와 눈이 마주친 그녀는 옅은 미소를 지어 보였다.

비록 나신이었지만 부끄럽지 않았다. 관우가 보고 있는 것은 그녀의 몸이 아니라 마음이었기에…….

"미안해, 연 매."

"……!"

"모두… 다…….."

당하연은 입술을 깨물며 묵묵히 옷을 입었다.

가슴이 시리다.

간밤에 관우가 들려준 긴 이야기를 떠올린 그녀는 애써 슬픔을 지우며 몸을 일으켰다.

"나하고 같이 살 거지?"

관우를 향해 묻는 그녀의 얼굴에 미소가 그려졌다. 관우는 그런 그녀를 말없이 바라봤다.

"쳇! 또 그런 표정! 이 세상에서! 어디에, 누구랑 있든지, 내가 사는 것처럼 오라버니도 살 거냐고."

그제야 관우는 고개를 끄덕였다.

"정말 죽지 않고 살 거지?"

"그래."

가슴이 찢어진다는 게 무엇인지 비로소 알 것 같은 순간이었다. 관우는 이제 떠날 것이다. 영영히.

그럼에도 그녀는 관우를 잡지 못한다.

잡지 못할 것을 알기에.

자신이 잡으면 관우가 더욱 괴로울 것을 알기에……

대신 당하연은 활짝 웃었다.

"됐어. 그럼."

그것은 지금껏 그녀가 관우 앞에서 보였던 그 어떤 미소보다 환한 웃음이었다.

하지만 관우는 그 웃음에 즉각 미소로 화답해 줄 수 없었다. 웃는 그녀의 눈가에 촉촉이 맺힌 눈물을 본 까닭이다.

'그냥 떠날 것을……'

관우는 그녀가 잠들었을 때 조용히 떠나지 않은 것을 후회했다. 또다시 자신의 이기심 때문에 그녀를 더욱 힘들게 한 것이다.

'미안해, 연 매.'

마지막 인사를 속으로 삼킨 관우는 주먹을 움켜쥐었다. 그리고 당하연을 향해 미소를 지어 보였다.

관우의 신형이 서서히 허공으로 떠올랐다. 그사이에도 둘은 서로를 향해 미소를 거두지 않았다.

이윽고 몸을 돌린 관우는 그대로 이해를 가로질러 눈앞에서 사라져 버렸다.

"아흑! 흐흐흑……!"

홀로 남은 당하연은 참았던 울음을 터뜨렸다.

그곳에는 한동안 애곡 소리가 그칠 줄 몰랐다.

*　　　*　　　*

독수리가 날고 있었다.

기이한 모습, 기이한 날갯짓…….

이상했다. 저건 그냥 독수리가 아닌 것 같았다.

머리가 둘에 다리가 하나……?

아! 그랬다. 저 멀리 보이는 독수리는 지금 거꾸로 날고 있었다. 날카로운 발톱을 하늘을 향해 세운 채.

마치 위협이라도 하듯 거칠게 날개를 퍼덕이며 독수리는 그 자세 그대로 하늘로 솟아올랐다.

위로, 위로, 계속해서 솟구치던 독수리가 어느 순간 맥없이 휘청거렸다.

하늘 저 위에서 커다란 바람이 불어와 놈의 날갯짓을 방해했다. 중심을 잃은 독수리는 아래로 떨어져 내렸다.

까오오오!

매섭게 울부짖은 놈은 더욱 세차게 날개를 퍼덕이며 다시 위로 솟구쳤다.

그러나 이내 재차 불어닥친 바람에 중심을 잃는다.

그렇게 솟구치다 떨어지기를 몇 차례.

삐이익! 까오오오!

독수리는 허공을 선회하며 부리를 쳐든 채 울고 또 울었다.

호곡성과도 같고, 성난 벽력과도 같은 그것은 듣는 이로 하여금 가슴을 저미게 만들었다.

'불쌍한……!'

감긴 두 눈에서 한 줄기 눈물이 흘러내림과 동시에 위탕복은 눈을 떴다.

'단주…….'

흐른 눈물을 닦으며 그는 허공을 올려다보았다.

운남의 푸른 하늘이 그를 맞이하고 있었다.

소광룩 등을 떠난 뒤 한 달여.

이틀 전에야 운남에 들어섰다. 그리고 어젯밤 실로 오랜만에 독수리를 보았다.

한동안 독수리를 볼 수 없었다. 기껏해야 나비를 기다리는 꽃들의 향내만을 맡을 수 있었을 뿐이다.

"이제 노숙은 그만해도 되겠군."

위탕복은 씁쓸하게 웃으며 이슬이 내린 천막을 거뒀다.

간단하게 요기를 한 그는 이내 다시 서쪽으로 이동을 시작했다. 하지만 이전처럼 서두르진 않았다. 곧 독수리가 자신을 찾아올 것임을 아는 까닭이다.

"한데 왜……?"

그렇게나 궁금하던 독수리를 드디어 만나게 되었건만 발걸음을 옮기는 그의 마음은 가볍지 않았다.

"오셨습니까?"

산등성이에 서서 휴식을 취하던 위탕복은 옷자락을 스치는 한줄기 바람에 입을 열었다.

방금까지도 비어 있었던 그의 옆에는 관우가 서 있었다.

"용케도 이곳으로 찾아왔군."

"그나마 가지고 있는 재주입니다. 이렇게 단주를 뵐 수 있는 것을 보니, 아직까진 쓸 만하군요."

"내가 아니라, 연 매를 찾아온 것이겠지?"

"단주를 만나려면 그 방법밖엔 없으니까요."

거기서 잠시 둘의 대화가 멈추었다. 너른 고원지대를 바라보며 둘은 각자의 생각에 잠겼다.

이윽고 관우의 입이 열렸다.

"그녀를 부탁하네."

"함께 계셨습니까?"

"조금 전까지."

"당 소저를 버리신 겁니까?"

"……."

관우는 즉각 대답하지 않았다. 숨 한 번 내쉴 간격 뒤에 비로소 위탕복은 대답을 들을 수 있었다.

"버렸다……. 그런 거군. 그래, 내가 연 매를 버린 거야. 다른 건 그저 변명일 뿐. 후후……."

관우는 힘없이 웃었다. 그 모습을 바라보던 위탕복이 다시 물었다.

"결국 광령문의 소문주, 그 여인 때문입니까?"

"그녀는 모든 걸 버렸어. 나를 위해."

"그녀 자신을 위해서입니다. 단주 역시 자신을 위한 선택을 하십시오."

"나를 위한 선택을 하라고? 과연 저 위에서 그걸 허락해 줄까?"

관우의 음성은 순식간에 냉소적으로 변했다.

하지만 위탕복은 이에 아랑곳하지 않고 말을 이었다.

"허락할 것입니다. 본래 독수리가 가야 할 길을 간다면."

"그건 애초에 내가 선택한 길이 아니야! 저 빌어먹을 하늘이 제멋대로 정한 길이라고!"

"……?!"

위탕복은 순간 말을 잃었다. 예상치 못한 관우의 과한 반응에 웬만한 것엔 꿈쩍도 하지 않는 그마저 흠칫할 수밖에 없었다.

'이렇게까지 변하실 줄은……!'

지난번 성도의 초당에서 잠시 만났을 때와는 완전히 다른 모습이었다.

관우의 흥분이 쉽사리 가라앉지 않는 것을 본 위탕복은 내심 절망했다. 이런 상태라면 마음을 돌리는 것이 불가능하리라.

하나 그럼에도 그는 말했다.

"그 길이 바로 단주 자신을 위한 길입니다. 단주, 하늘을 원망하지 마십시오. 그것이 단주 자신을 스스로 괴롭히지 않는 유일한 길입……."

"그만! 더 이상 하늘을 입에 담지 마!"

"단주……!"

"그만! 닥쳐! 닥치라고!"

"……."

당장에라도 자신을 가루로 만들 듯한 기세가 관우로부터 뻗어 나왔다.

위탕복은 이제 입을 다물 수밖에 없었다.

독수리의 길을 볼 수 있는 유일한 자로서, 이제 자신이 할 수 있는 일은 다 했다.

'끝내…….'

관우는 하늘이 부여한 사명을 버리고야 말았다. 그 누구도 대신 할 수 없는 사명을 말이다.

그가 잠잠해지자 관우가 입을 열었다. 홍분은 처음보단 약
간 가라앉아 있었다.

"부탁이야. 연 매를, 연 매를 보살펴 줘."

"알겠습니다."

"그리고 앞으로 그들과는 부딪치지 마."

관우가 말하는 '그들' 이 광령문 등을 가리키는 것임을 위
탕복은 알 수 있었다.

'아마도 일단은, 하지만 후엔 부딪치게 되겠지요.'

내심과 달리 위탕복은 고개를 끄덕였다.

"그러지요."

"마지막으로, 더 이상 날 찾지 마."

"알겠습니다."

대답 후, 위탕복은 가만히 관우의 얼굴을 응시했다.

휑하게 뚫린 두 눈이 보인다. 그 깊고도 온후했던 눈빛을
더 이상 볼 수 없음이 안타까웠다.

"어디로 가실 겁니까?"

"그녀에게."

"어찌 사실 겁니까?"

"죽은 듯. 세상에 없는 듯."

"……."

다시 짧은 침묵을 지킨 위탕복.

"비록 짧은 세월이었으나 단주와 함께하여 꽤나 즐거웠습니다."

그는 실로 오랜만에 관우 앞에서 양볼을 실룩였다. 그의 웃음을 바라보던 관우는 곧 신형을 돌렸다.

"그동안 고마웠네."

마지막 한마디를 남긴 채, 그렇게 관우는 왔던 것과 동일하게 기척도 없이 사라졌다.

위탕복은 관우가 사라진 곳을 향해 정중히 고개를 숙였다.

한참 후 고개를 든 그의 얼굴엔 뭔지 모를 아련한 표정이 떠올라 있었다.

"단주, 아니, 이젠 풍령이라 해야겠지요. 당신의 뜻과 달리 우린 다시 만나게 될 것 같습니다. 아마도 당신이 풍령으로 존재하는 한, 내 꿈은 끝나지 않겠지요. 한 가지, 당신이 정말로 신(神)이 되어버릴까, 그것이 염려될 뿐입니다."

                    *   *   *

대리에 도착한 진무영은 우선 장청원의 집으로 향했다.

직접 찾아가진 못하고 먼발치에서 집안 사정을 살폈다.

예상대로 장청원은 없고 부인 연정옥이 집을 지키고 있었다. 그녀는 전에 보았을 때하고는 다르게 기력을 회복한 모습이었다.

하지만 조금 살펴보면 뭔가 정상적이지 않다는 것을 알 수 있었다.

한참을 밝게 웃다가도 어느 순간 돌변하여 슬프게 흐느껴 우는 것을 반복했다. 죽었다던 아들 때문이었다.

그리고 또 한 가지, 진무영은 종복들이 나누는 말을 통해 모르고 있던 사실을 알게 되었다. 장청원이 지난 몇 달 동안 전혀 연락이 되지 않는다는 사실이다.

얼굴을 다친 이후 지금껏 광령문 내의 사정을 알 길이 없었다. 그사이에 무슨 일이 벌어진 것이 틀림없었다.

과연 무슨 일인지 궁금하고 장청원의 안위가 염려되긴 했지만 그뿐이었다. 더 이상 그녀가 할 수 있는 일이 없을뿐더러, 지금 그녀에게 가장 중요한 것은 관우를 만나는 일이었기 때문이다.

'나는 왜 이곳에 왔지?'

그녀는 스스로에게 질문했다.

관우는 목적지를 대리라고만 했을 뿐이다. 하지만 발걸음은 그녀를 장청원의 집까지 인도했다.

'그와 함께 왔었던 곳이니까.'

다시 스스로에게 답을 해주었다.

관우와 이곳에 와서 겪었던 일들을 떠올렸다. 운남산다 앞에서 그녀의 추억을 이야기한 것과 연정옥이 관우를 자신의 죽은 아들로 착각했던 일…….

'죽은 아들……'

순간, 그녀는 흠칫했다.

"아?!"

절로 탄성이 터져 나왔다.

'왜 그것을 이제야……!'

충격이 이만저만이 아니었다.

관우가 정말로 장청원의 아들이라면?

머리가 복잡해졌다.

아직 확실한 건 없었다. 그리고 그것을 확신하기엔 의문스
러운 점이 많았다.

하지만, 진무영은 이미 자신이 마음으로 그것을 사실로 받
아들이고 있음을 느낄 수 있었다.

왜 그런지는 모른다. 그냥 확신이 든다. 발걸음이 저절로
자신을 이곳까지 인도했듯이 말이다.

"용케도 이곳을 찾아왔군, 용케도……."

"……!"

귓가를 맴돌 듯 들려온 음성.

소스라치게 놀란 그녀는 고개를 돌린 즉시 '부르르!' 몸을
떨었다.

그가 서 있었다. 거짓말처럼, 꿈처럼……

순간 눈앞이 뿌옇게 흐려졌다. 언제 흘려봤는지 기억조차
없는 눈물이었다.

관우와 진무영은 멀리 장청원의 집을 바라보며 나란히 섰다.

어색함이 감도는, 긴 침묵이었다.

그러나 진무영의 마음은 처음 관우가 나타났을 때하고 조금도 달라지지 않았다.

그녀의 가슴은 지금도 뛰고 있었다. 당장 관우의 품에 안기고픈 생각이 뇌리를 떠나지 않았다.

하지만 현실은 침묵뿐이다. 다른 이유는 없었다. 관우가 침묵하니까 그녀도 침묵할 뿐.

얼마 후, 그녀는 용기를 내어 관우를 향해 고개를 돌렸다.

마지막 보았던 때와 달라진 관우의 모습이 눈에 들어왔다.

두 눈이 사라진 깡마른 얼굴.

내심 탄식이 터져 나온다. 자신을 살리려다가 저리된 것이다.

그녀의 떨리는 시선을 느꼈을까?

관우의 입술이 드디어 다시금 열렸다.

"그런 눈으로 볼 거 없어."

조금은 냉정한 듯도 한 어조.

그러나 그마저도 진무영은 반가웠다.

"정말 이렇게 당신을 만나게 될 줄은 몰랐어."

무엇 때문이었을까? 그녀의 음성은 약간 떨렸다.

그리고 그러한 음성으로 내뱉은 한마디엔 많은 의미가 담겨 있었다.

관우는 그것을 모르지 않았다.

"그 얼굴, 정말 회복 불능인가?"

조심스럽게 묻는 관우.

몽면 안으로 비치는 진무영의 얼굴에 미소가 그려졌다.

"그 무엇으로도 고칠 수 없을 걸, 다시 태어나지 않는 한."

"……."

관우는 그녀의 미소를 보며 주먹을 불끈 쥐었다. 거기엔 조금의 원망도, 조금의 슬픔도 떠올라 있지 않았다.

'크……!'

지독했다. 하늘은 자신에게 단 한 치의 도망갈 틈도 허락하지 않는다.

관우가 다시 침묵하자 진무영은 용기를 내어 궁금한 것을 물었다.

"장 숙이 정말 당신의 아버지였던 거야?"

관우는 묵묵히 고개를 끄덕였다.

"도대체 어쩌다가……?"

"풍령이 된 뒤 모든 기억을 잃었지."

"아……!"

단 한 마디였지만 비로소 많던 의문들이 어느 정도 해결되는 순간이었다.

하지만 관우는 그녀에게 좀 더 생각할 시간을 주지 않았다.

"풍령문의 전인, 관우는 이미 죽었다"

"······?!"

"누군가의 아들이었던 장부교 역시 죽었다. 네가 알던, 네가 모르던 나는 이미 없다."

"······."

"묻겠다."

관우가 진무영을 향해 신형을 돌려세웠다.

진무영은 그런 관우의 얼굴을 들뜬 시선으로 바라봤다.

"누구를 만나기 위해 이곳에 왔지?"

질문을 받은 그녀는 한동안 대답하지 못했다.

답을 몰라서도 아니고, 뭐라 대답할지 고민이 되어서도 아니다. 다만, 왜 자신에게 이와 같은 것을 묻고 있는지, 또 묻는 관우의 심정이 지금 어떠한지에 대한 생각에 쉽게 입이 떨어지지 않을 뿐이다.

그러나 이내 그녀의 눈빛은 크게 흔들렸다.

입술에서부터 시작된 미소가 얼굴 전체로 서서히 번져갔다.

"나는 누군가를 만나기 위해 이곳에 오지 않았어. 다만 당신!"

"······?!"

순간 관우는 석상처럼 굳었다.

"눈앞에 있는 당신이 너무나 보고 싶었을 뿐이야."

관우의 품에 달려든 그녀는 두 눈을 감으며 속삭였다.

第五十三章
만유반야대선공(萬有般若大禪功)

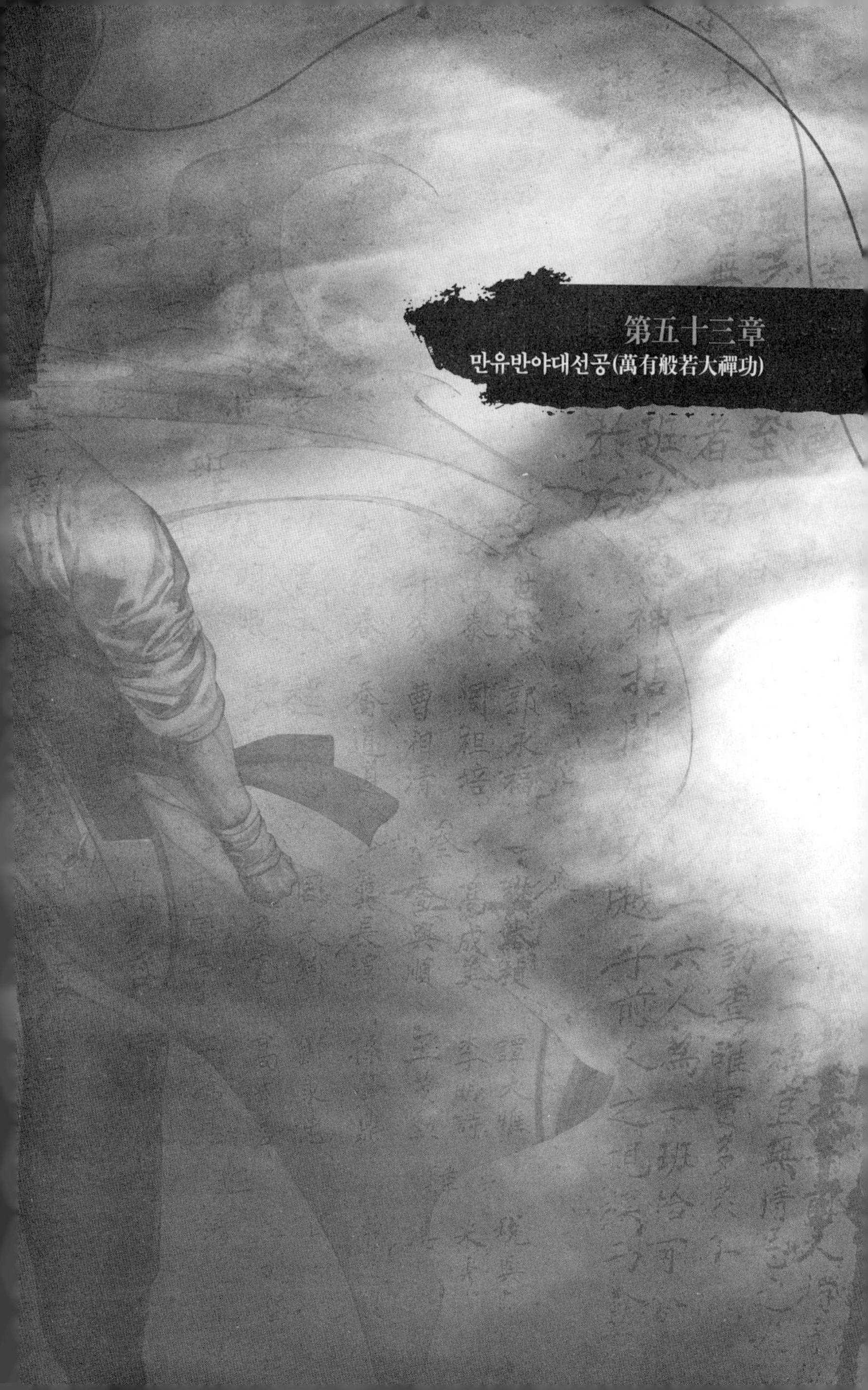

風神遺事

풍신유사

"대선공의 끝을 꼭 완전히 이뤄주십시오."

깊은 밤.

소광특은 위탕복이 남긴 당부를 떠올리며 미간을 접었다.

'대선공의 끝!'

그것이 무엇인지 아는 사람은 그와 위탕복, 두 사람 말고는 없었다.

그 말은 곧 대선공을 제대로 섭렵한 이는 소광특 한 사람에 불과하다는 뜻과 같았다. 실제로 모용란은 칠 할을, 포랍은 구 할을 섭렵하는데 그쳤다.

하지만 소광릉 역시 대선공의 완벽한 성취를 이룬 것은 아니었다. 다만 그는 그 끝이 무엇인지 잠시 맛보았을 뿐이다.

관우가 그들에게 남긴 초의분심공이란 것은 실로 경악할 만한 공능을 가진 비술이었다. 만일 그것이 없었다면 불과 수 개월이란 짧은 시간에 대선공을 섭렵할 수는 없었을 것이다.

하지만…….

대선공을 익히면서 그들은 경악에 경악을 거듭할 수밖에 없었다.

이는 앞서 초의분심공을 대하면서 느낀 감탄에 비할 바가 아니었다. 경악을 넘어 멍해져 버리는 정도까지 이르렀다면 조금은 설명이 될까?

그 정도로 대선공은 놀라운 무공이었다. 아니다, 이것을 겨우 무공이라 칭할 순 없으리라. 그것은 가히 하늘의 이치와 우주만상의 섭리가 담긴, 도저히 세상의 것이라 볼 수 없을 만큼의 신비를 담고 있었다.

무공은 그 담고 있는 것 중의 극히 일부에 지나지 않았다. 심지어 초의분심공의 묘리마저 이미 그 안에 녹아 있음에 야…….

대선공, 곧 만유반야대선공은 그 자체로 세상 모든 지혜와 지식의 원천이자 모든 것이었다. 무엇도 그것을 벗어날 수 없고, 무엇도 그것을 뛰어넘을 수 없었다.

그러한 대선공의 근간을 이루는 내용은 놀랍게도 영력이

었다. 영력이야말로 만유의 근원이자 발로였다. 대선공은 이러한 영력에 관한, 영력을 위한, 영력의 책이었다.

이것은 영력이 담긴 무공을 얻고자 대선공을 원했던 관우조차도 미처 기대하지 못한 것이었다.

하늘이 인간에게만 부여한, 하늘과 소통하며 만물을 온전히 다스릴 수 있는 힘인 영력.

그러나 스스로 영력에 관한 모든 것을 잃어버린 후, 인간은 점차 나약해졌고 다스려야 할 만물 가운데서 오히려 불안과 두려움을 느끼며 사는 존재가 되어버렸다.

만유반야대선공 안에는 바로 잃어버린 영력을 되찾아올 수 있는 방도가 적혀 있었던 것이다.

소광특은 비록 찰나지만 그러한 대선공의 끝을 보았다. 그리고 그것을 보았을 때 공교롭게도 위탕복이 함께 있었다.

당시 위탕복은 놀라움을 감추지 못하며 이렇게 말했었다.

"이것은 모든 것을 뒤엎을 비기(秘技)가 될 수 있습니다. 때문에 반면 매우 위험하기도 합니다. 절대 함부로 드러내서는 안 될 것입니다."

소광특은 위탕복의 말에 수긍했다. 아득하게나마 보고 느꼈던 그것은 그야말로 새로운 세계였다.

'내'가 몸에서 분리됨과 동시에 '나'는 완전해지는…….

분리와 완전의 세계.

그때의 기분은, 마치 모든 속박에서 벗어난 듯한 자유로움 이랄까. 나를 막아서던 것들과 나를 억누르던 것들로부터의 자유!

그때 이후로 소광특은 그것을 완벽히 이루려고 남모르게 부단히 애를 썼다.

하지만 기이하게도 완벽해지기는커녕 다시 그러한 기분을 느끼는 것조차 불가능했다.

모르는 게 없을 것 같았던 위탕복 역시 그 이유에 관하여는 전혀 아는 바도 없고, 보이는 바도 없다 하였다.

그런 와중에 위탕복은 떠났고, 그날부터 지금까지도 아무 런 성과 없이 답보 상태였다.

한데 오늘, 그는 마음에 작지만 선명한 충격을 받았다. 그 것은 매우 멀리 떨어진 곳에서부터 전해졌다.

어마어마한 영력들 간의 충돌!

그 정도의 영력을 지닌 존재들은 그들밖에는 없었다. 남은 두 곳인 광령문과 수령문.

예상대로 그들이 서로 정면충돌을 일으킨 것이라면 어떤 결과로든, 세상은 커다란 격변을 맞게 될 것이다.

가장 바람직한 결과는 양패구사이다. 둘 다 사라져 버리면 세상은 그들이 나타나기 전으로 돌아갈 수 있다.

하지만 소광특은 그들이 제아무리 몰린 상황이라 해도 그런 무모한 짓을 벌이리라곤 생각지 않았다.

둘 중 하나는 살아남는다고 봐야 했다. 그리고 소광특이 아는 한 그 하나는 광령문이 될 가능성이 컸다.

그렇다면 최우선적으로 그에 대한 대비를 해야만 한다. 만일 천문에서도 그들의 충돌을 알아챘다면 벌써 대비책을 세우고 있을 터였다.

'하나 정면으로 저들에게 맞설 방법은 없다.'

그랬다.

자신들의 힘, 그리고 천문의 힘으로는 광령문을 막을 수 없다. 수령문과의 싸움에서 저들의 수가 줄어든다고 하여도 결과는 마찬가지이리라.

숫자의 문제가 아닌, 차원의 문제였다. 뛰는 자와 나는 자의 싸움. 아무리 잘 뛰어도 나는 자를 이길 수 없다. 날다가 실수로 추락하는 요행이 없는 한······.

대선공을 완벽히 이뤘다면 이야기가 달라질 수는 있다. 하지만 그것을 이룬 것이 자신 혼자에 불과하다면 그 또한 무의미할 것이다.

'주군······!'

소광특은 절로 관우를 떠올렸다. 관우만이 광령문을 막을 수 있다. 그러나 관우는 사명을 버렸다.

위탕복이 당하연을 찾아 나선 지도 석 달이 흘렀다. 하나 그녀를 찾는다 해도 관우가 돌아올 가능성은 거의 없을 것이다.

'주군이 아닌 누군가가 저들을 막아야 한다면…….'

결국 자신들뿐이다. 대선공을 알고, 그것을 익힌 자신들.

"으음!"

순간, 소광특의 두 눈에서 안광이 번뜩였다.

이것도 사명이라면 사명일 게다.

세상에 저와 같은 존재들이 있다는 사실을 알게 된 것도, 그 힘의 어떠함을 알고 그와 같은 힘을 얻을 방도를 알게 된 것도…….

그리고 대선공의 끝을 이룰 수만 있다면 저들을 능히 제압할 수 있다는 확신이 드는 것까지.

결론에 이르자 소광특의 뇌리에 즉각 떠오르는 한 가지가 있었다.

'대선공의 끝을 온전히 이루기 전에는 절대 저들과 부딪쳐선 안 된다!'

그는 급히 자리를 털고 일어섰다. 하지만 걸음을 옮기진 못했다. 때마침 나긋한 음성이 문 밖에서 들려왔기 때문이다.

"폐마, 요희예요."

이 시각에 그녀가 갑작스레 찾아온 것은 의외다. 하지만 걸음을 옮기려 했던 곳이 바로 그녀의 거처였기에, 한편으론 반기며 그녀를 맞았다.

문을 열고 방 안에 들어선 모용란은 자못 심각한 표정이었다. 이에 소광특은 그녀 역시 뭔가를 감지하고 자신을 찾아온 것임을 알아차렸다.

"너도 조금 전에 있었던 충돌을 느낀 것이냐?"

"역시… 제가 잘못 느낀 것이 아니군요. 광령문과 수령문 이겠죠?"

"그럴 게다. 안 그래도 그 때문에 지금 네 거처로 갈 참이 었다."

"으음, 그러셨군요."

고개를 끄덕이는 모용란의 표정이 묘하게 변했다.

한편 그런 그녀를 바라보는 소광특의 시선에 약간의 의문 이 떠올랐다.

"한데, 철두 이놈은 왜 잠잠한 것이지? 네가 감지할 정도라 면 놈도 알아차렸을 터. 놈의 성격상 벌써 내 방으로 뛰어들 어 와야 정상이거늘."

"둘 중 하나겠지요. 깊이 잠들었거나, 아니면 전혀 느끼지 못했거나……."

"……?"

소광특은 모용란의 얼굴을 지그시 쳐다봤다. 이에 모용란 은 입가에 살짝 미소를 머금었다.

"그런 눈으로 보시니, 아빠 앞에서 거짓말하다 들통 난 어 린 딸 같은 기분이 드는군요."

하지만 소광특은 여전히 지긋한 시선을 풀지 않았다.

"그간 대선공의 성취를 숨겨왔던 것이냐?"

"숨긴 것은 아니에요. 그저 뚜렷이 말할 기회가 없었던 것뿐이죠. 처음 수련을 마치고 나왔을 당시엔 분명 제가 철탑 대협보다 성취가 더뎠으니까요."

"하면 이후 더욱 진보가 있었단 말이냐?"

모용란은 고개를 끄덕였다.

"운이 좀 따랐어요. 지하 석실에선 풀리지 않았던 의문이 얼마 전 풀렸거든요."

"음, 그랬구나."

소광특은 비로소 무겁던 눈빛을 풀었다.

대선공에 대한 모용란의 성취가 포랍보다 높다는 사실은 분명 놀라웠다. 하지만 이내 얼마든지 그럴 수 있다는 것을 인정했다.

대선공은 무공이 아니었다. 포랍이 모용란보다 무공은 강할지언정, 그것이 당연히 대선공의 성취 수준으로 귀결되지는 않는 것이다.

결국엔 영력의 차이, 영력의 싸움이었다.

기왕에 이야기가 꺼내졌으니, 소광특은 묻지 않을 수 없었다.

"너는 어디까지 보았느냐?"

모용란은 잠시 뜸을 들이더니 대답했다.

"이제야 알게 된 건데, 확실히 철탑 대협보단 멀리 본 것 같지만, 패마에겐 못 미치는 것 같아요."

"아직 대선공의 끝을 보진 못한 것이냐?"

"말씀하시는 끝이 정확히 무엇인지는 모르겠지만, 그런 것 같군요."

대답하며 모용란은 두 눈을 반짝였다.

"이미 끝을 보셨군요, 대선공의……."

소광특은 부인하지 않았다. 어차피 그녀를 찾아가 그에 관하여 말하려 했었다.

"지금부터 내가 하는 말을 잘 듣거라."

"잠시만요."

"……?"

모용란은 살짝 손을 들어 소광특을 제지했다.

"왠지 제가 패마를 찾아온 용건을 먼저 말씀드리는 게 좋을 거란 생각이 들어요. 허락해 주시겠어요?"

"무엇이냐?"

"위 참모께서 떠나기 전 제게 당부한 말이에요."

"……?!"

눈썹을 꿈틀거린 소광특은 곧 고개를 끄덕였다.

"말해보거라."

"위 참모께선 만일 자신이 떠난 목적을 이루지 못한다면 두 달 안에 돌아올 거라 말했어요. 그대로라면 이미 석 달이 지났으니 소기의 목적은 달성했다고 봐야 할 거예요."

"하면 당가의 아이를 찾았다는 말이냐?"

"그럴 거라 믿어요."

망설임없이 대답하는 모용란을 보며 소광특 또한 고개를 끄덕였다. 다른 사람이 아닌 위탕복이 내뱉은 말이니까 신뢰할 수 있는 것이다.

"그렇다면 위 참모가 네게 남긴 말은 당가의 아이를 찾았을 시에 우리가 취해야 할 행동에 대한 것이냐?"

"그건 아니에요. 위 참모께선 자신이 당 소저를 찾는 일보다 중요한 건 저들의 움직임이라 했어요."

"광령문과 수령문 말이냐?"

"맞아요. 만일 자신이 돌아오기 전 저들의 움직임이 조금이라도 포착된다면 지체하지 말고 천문을 떠나라고 했어요."

"……?!"

순간 소광특은 미간을 좁혔다.

"떠나라니? 천문과 등을 지라는 뜻이냐? 아니면 저들을 피해 숨으라는 말이냐?"

"후자예요. 하지만 우리가 떠난다면 결국 천문과는 등을 지게 되겠죠."

"으음."

놀라웠다. 자신이 조금 전 떠올린 것과 같은 생각을 위탕복은 이미 수개월 전에 하고 있었다는 사실에 소광특은 감탄하지 않을 수 없었다.

"남은 것을 마저 이야기해 보거라."

"저들이 움직였을 시, 위 참모께선 곧장 풍령문의 비밀석실로 갈 것이니 그곳에서 다시 만나자고 했어요. 단, 반드시 천문의 이목을 따돌려야 하며, 가급적 그들과 부딪치는 일이 없길 바란다고 했지요."

소광륵은 고개를 끄덕였다. 이로써 그는 자신의 생각에 더욱 확신을 가질 수 있었다.

"기실 내가 너를 찾아가려던 것도 그 때문이었다."

"패마께서도 이곳을 떠나려 하셨단 말인가요?"

의외라는 듯, 모용란이 되물었다.

"그렇다. 너도 알겠지만 지금 놈들을 막을 수 있는 자는 아무도 없다. 놈들이 양패구사하지 않는 한 천문도, 우리도 역부족이다."

"으음."

모용란은 낮게 침음하면서도 두 눈을 반짝이며 소광륵의 다음 말을 기다렸다.

"하여 주군이 돌아오지 않는다는 전제하에 우리가 취할 수 있는 방도는 두 가지다. 놈들과 싸우다가 죽거나, 아니면 놈들의 힘이 미치지 않는 곳으로 도망가는 것."

"당장은 중원이겠지만, 이대로라면 결국엔 세상에서 저들의 힘이 닿지 않는 곳은 없게 될 거예요. 때문에 전 당연히 패마께서 전자를 택하실 거라 생각했어요."

"물론 그랬겠지. 아무런 희망조차 없다면."

소광특과 시선이 마주친 모용란은 조심스럽게 입을 열었다.

"혹시 그 희망이란 건 대선공의 끝을 두고 말씀하시는 건가요?"

소광특은 고개를 끄덕였다.

"대선공을 완벽히 이룬다면 놈들을 상대할 수 있을 것이다."

그의 말엔 확신이 담겨 있었다. 이를 느낀 모용란은 묻지 않을 수 없었다.

"무엇이죠? 대선공의 끝은……."

"나도 아직 이루진 못했다."

"……?"

"하나 잠시나마 내가 본 것은 진정한 자유였다. 그리고 '나'를 볼 수 있었다."

"……?!"

모용란의 표정이 기이하게 변했다. 전혀 감을 잡을 수 없는 말들이었다. 하지만 그때를 상상하며 넋을 잃은 소광특의 얼굴을 본 그녀는 더 이상 그에 관하여 물을 수는 없었다.

잠시 침묵하던 그녀는 이내 뭔가를 알겠다는 듯 고개를 끄덕였다.

"위 참모께서도 이를 내다보고 다시 풍령문의 비밀석실로 오라 한 것이었군요."

그녀의 말끝엔 묘한 여운이 있었다.

대선공을 완벽히 익히지 못했음에도 석실을 나왔던 까닭은 관우를 중심으로 모든 것을 생각했기 때문이다.

하지만 이제 대선공을 완성하기 위해 다시 예전처럼 석실로 돌아간다.

전과는 상황이 완전히 달라졌음이다. 즉, 더는 저들을 상대하는 일에 관우가 고려 대상이 아니라는 뜻이었다.

"얼마나 걸릴까요?"

그녀는 마지막으로 물었다.

"기약할 수 없다."

대답을 들은 모용란은 내심 실소했다. 자신이 생각해도 한심한 질문이었다.

"이번에 들어가면 할머니가 되어서 나올 수도 있겠군요."

"그렇게라도 나올 수 있다면 하늘에 감사해야 할 게다."

"당장 떠날 준비를 할까요?"

"그전에 먼저 철두 놈부터 깨워야겠지."

"훗, 그렇군요."

모용란은 가볍게 웃으며 방문을 나섰다.

*　　　*　　　*

위탕복은 관우와 작별한 후 당하연을 찾아가 만났을 때를
기억했다.

"소저."
"이젠 그렇게 부르지 마세요."

그녀는 뜻밖에도 평온한 얼굴이었다. 슬픈 기색도, 그렇다
고 억지웃음을 보이지도 않았다.

하여 위탕복은 그녀와 관우 사이의 일을 묻지 않았다. 그저
함께 가자고 했고, 그녀는 묵묵히 뒤를 따랐다.

"어디로 가는 거죠?"

한 달 만이었다.

이제껏 목적지를 묻지 않았던 그녀였다.

"우선은 당가로 갈 생각이다."

위탕복은 운남에서 사천으로 넘어가는 길목에 자리한 노
고호(瀘沽湖)를 바라보며 대답했다.

그의 말에 놀란 듯 시선을 돌린 당하연. 왜냐고 묻는 그녀
의 눈빛에 위탕복은 말을 이었다.

"비록 무너졌으나, 당씨세가는 그대로 버려두기엔 매우 아
까운 곳이지."

"무슨……?"

"당가가 가졌던 모든 비기들은 앞으로 우리에게 큰 도움이

될 수 있을 터."

"하지만 이미 흔적도 없이 사라져……? 아!"

그녀는 말을 하다 말고 작게 탄성을 내뱉었다.

까맣게 잊고 있었다. 세가 내 지하에 설치된 수많은 기관과 암로들.

거기엔 위탕복이 말한 당가의 핵심 기술과 비전들이 보관되어 있었다.

'그것들이라면 무사할 수도 있다!'

당하연의 내심을 눈치챈 위탕복의 눈이 그녀를 향했다.

"네 도움이 필요해. 가능하겠지?"

"제가 아는 한은. 전부는 불가능해요."

"일부라도 충분해. 그 일부 중에 기막힌 것이 걸리기만을 바랄 뿐이지."

"그런데 우리에게 큰 도움이 될 거라는 건 무슨 뜻이죠? 혹시 저들과 싸울 생각인가요?"

"언젠간……."

"지금은 아니란 말인가요?"

"계란으로 바위 치기니까."

"나중에는 가능하고요? 본 가의 비기를 얻는다고 해도 불가능하다는 걸 위 숙이 모르실 리가 없을 텐데."

"그래서 말했잖아. 큰 도움이 될 수 있을 거라고."

"……."

당하연은 묻기를 그쳤다. 분명 뭔가가 있다. 관우가 아닌, 저들을 상대할 수 있는 무언가가.

순간 마음속에 물에 떨어진 한 방울 먹물처럼 그늘이 드리워졌다.

길어지려는 침묵을 위탕복이 깼다.

"내가 비록 뚱뚱하고 못생긴 가짜 숙부라도 일단 너를 조카로 받아들였으니 죽기 전까진 네 곁에 있을 것이야."

"그걸 지금 위로라고 하는 건가요?"

"위로가 되었다니 다행이군."

"참……."

어처구니가 없다는 듯 웃어버린 당하연.

이를 본 위탕복도 한쪽 볼을 실룩였다.

"조카를 웃기는 일이 크게 어렵진 않은 듯하니, 그 또한 다행이군."

"어쩌다에요, 어쩌다. 자꾸 그런 식이면 화낼지도 몰라요. 저 원래 성격 안 좋은 건 아시죠?"

"음, 잊고 있었는데……. 고맙구나 생각나게 해줘서."

"쳇! 아셨으면 조심해요! 그리고 경치 구경할 만큼 했으니 이만 가죠. 배도 고프고, 좀 편히 쉬고 싶어요."

그녀의 투정 섞인 말에 위탕복은 내심 흡족했다.

깊은 상처는 오래 간다. 평생 갈 수도 있다. 낫는다 해도 그 흉은 지울 수 없다.

간직한 채 사는 것이다. 간직한 채……. 그거면 족했다.

"쉴 만한 마을을 찾으려면 오늘 내로 이 능선을 넘어야 하는데, 내 몸으론 무리다."

"그러게 그 연세 되도록 무공 하나 안 배우시고 뭐 하셨어요? 지금이라도 제가 가르쳐 드려요?"

"난 꿈꾸는 걸로도 벅찬 사람인지라."

"핑계 참 좋네요!"

"그래도 최선은 다해보마. 출발!"

먼저 발걸음을 옮기는 위탕복. 이에 뒤질세라 당하연이 그의 곁에 따라붙었다.

하지만 그녀는 몇 걸음을 옮기지 못하고 돌연 배를 움켜쥐며 허리를 접었다.

"우욱!"

"……?!"

놀란 위탕복은 황급히 그녀를 붙들었다.

하지만 그런 그를 밀친 채 떨어져 헛구역질을 해대는 당하연.

이를 본 위탕복의 표정이 어느 순간 심각하게 변했다.

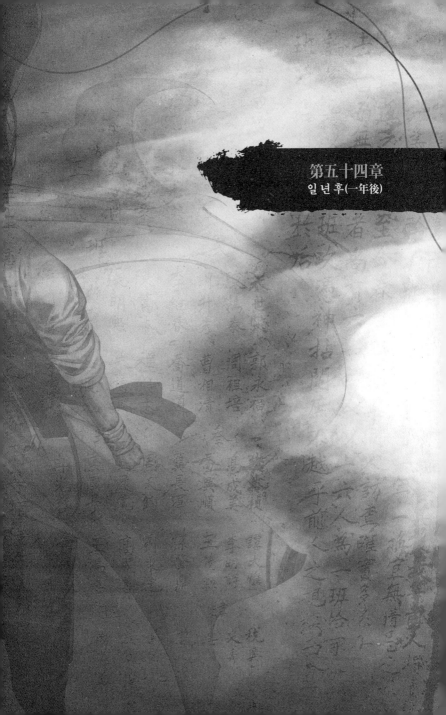

第五十四章
일 년 후(一年後)

風神遺事

팟!

눈부신 섬광이 하늘을 뒤덮었다. 일 년 만이었다.

수령문을 제거한 광령문이 중원 땅에 노도와 같이 들이닥친 후 한동안 섬광은 보이지 않았다.

보일 필요가 없었다. 이미 중원의 모든 것은 그들의 수중에 들어갔으니까.

강호는 물론이고 황실까지 손아귀에 틀어쥐었다. 명실공히 중원의 지배자가 된 것이다.

"내가 막을 테니 지체 말고 피하게!"

조치성은 섬광 속을 파고들며 큰 소리로 외쳤다.

"하지만……!"

함께 달아나던 양설지와 양사동은 갈등하며 주춤거렸다.

"저들에게 본 문의 근거지를 알려줄 생각인가! 어서 피해! 어서!"

다그치는 조치성의 음성에 두 사람은 입술을 깨물며 신형을 날렸다.

그들이 사라진 것을 확인한 조치성은 전방을 쏘아보며 검을 겨눴다.

섬광을 가로질러 인영 하나가 접근했다. 광파의 세기로 볼 때 중광원의 원사로 보였다.

'그새 사람을 배치해 두었을 줄이야!'

조치성은 무계심결을 극성으로 끌어올렸다. 그러자 그를 중심으로 섬광이 서서히 걷히기 시작했다. 놀랍게도 광파에 담긴 영력이 힘을 잃고 있는 것이다.

쐐액!

섬광이 걷힌 공간을 한 줄기 검광이 대신했다.

빠르게 접근하던 인영이 주춤하며 물러섰다. 이 틈을 놓치지 않고 조치성은 인영을 향해 돌진했다.

순식간에 거리가 좁혀졌다. 인영의 얼굴에 당황한 기색이 떠오르는 순간, 다시금 검광이 작렬했다.

"으음!"

신음과 함께 인영의 왼쪽 어깨가 붉게 물들었다. 이를 본 조치성의 두 눈이 매의 그것과 같이 변했다.

'피……!'

절로 아귀에 힘이 들어갔다.

괴물과도 같았던, 감히 맞설 수 없었던 저들이었기에 이미 몇 차례 저들의 피를 보았건만, 여전히 가슴이 끓어오른다.

결국엔 저들도 자신과 같은 인간이라는 사실!

검에 베이면 죽는다는 사실!

무계심결심해로 영력을 보강했으나, 천문은 무공을 아주 버리지 않았다. 아무리 애를 써도 영력으론 절대 저들을 이길 수 없음을 알기에 천문은 한 가지에 초점을 맞췄다. 그것은 타격을 통한 제압이었다.

영력은 저들에게 직접적인 타격을 가능케 할 정도면 족했다. 저들의 영력을 뚫고 타격을 가할 수만 있다면 허무하게 무너지는 일은 없을 거라 기대했다.

그리고 그와 같은 생각은 틀리지 않았다. 비록 광령문이 중원을 집어삼키는 것을 막진 못했지만, 이렇게 아직까지 살아남아 대항하고 있으니까 말이다.

조치성은 여세를 몰아 인영을 향해 연이어 천조검을 시전했다.

다급해진 인영은 손가락을 뻗어 날아드는 검을 향해 빛살을 쏘아냈다. 빛살은 검의 움직임을 둔하게 만들었다. 그 찰나를 이용하여 인영은 몸을 빼냈다.

하지만 조치성의 기세는 꺾이지 않았다. 벌어지는 간격을 좁히며 쉴 새 없이 검을 휘둘렀다. 위력과 쾌속함이 시간이 지날수록 점차 더해졌다.

반면 인영의 대처는 어느 순간 한계에 다다른 듯, 차츰 몸 곳곳에 비치는 혈흔이 늘어갔다.

"하아압!"

때를 예감한 조치성의 입에서 기합성이 터져 나왔다.

마지막으로 쏘아낸 빛살이 검광에 스러지며 인영의 목이 피를 뿜었다.

*   *   *

커다란 태사의에 앉은 채 진신극은 단 아래 시립한 서목을 굽어봤다. 서목의 차분한 음성을 듣고 있는 그의 얼굴에선 특별한 표정을 찾아볼 수 없었다.

"현재 신당의 수는 모두 이백사십 개입니다. 오늘 부로 중앙에서 특별교육을 받은 자들이 신장(神長)으로 임명되어 각지로 파견되기 시작하였으니, 한 달 뒤엔 지금의 배로 늘어날 것입니다."

"예상보다 더디구나."

"천문의 잔존 세력으로 인해 약간의 차질이 있었습니다."

"그들의 근거지를 아직 찾아내지 못한 것이냐?"

"그것이……."

서목은 입 열기를 망설였다.

"달리 할 말이 있는 것이냐?"

"그들이 은밀히 움직이는 탓도 있지만, 이제껏 그들을 완전히 제거하지 못한 이유는 그쪽으로 할애할 만한 수적인 여유가 없었기 때문입니다. 하여 올리는 말씀이온데, 이번 신당과 관련한 일이 마무리되는 대로 당분간 그들을 멸절시키는 일에 집중하는 것이 어떨까 합니다."

"다른 계획을 잠시 미루자는 말이냐?"

"불교와 도교 등 기존 것들에 대한 뿌리가 제법 깊어 신교에 대한 백성들의 반응이 기대보다 늦습니다. 안정이 될 때까지는 좀 더 시일이 필요할 듯합니다."

"으음."

진신극은 짧게 침음하며 생각에 잠겼다.

중원을 장악한 광령문이 가장 먼저 행한 것은, 황제를 조종하여 중원 각지에 광령신당이란 사원을 세우는 일이었다.

거기에서 백성들로 하여금 참배케 하고 광령신교의 교리를 배우도록 강요했다.

신교에 입교한 자들에게는 세금을 감하고, 반대로 순응치 않는 자들에게는 갑절의 세금을 거두어들였다. 뿐만 아니라 기이한 능력으로 치료가 어려운 질병들을 고쳐 주기까지 하니, 채 일 년도 되지 않아 백성들 중 절반이 넘는 자들이 신교에 속하기에 이르렀다.

하지만 이것으로 만족할 수는 없었다. 그들의 대망은 광령문이 지배하는 세상이었다. 모든 사람의 몸과 마음을 온전히 사로잡아 충성케 하는 것. 중원은 그 시작에 불과할 뿐이다.

"한 달."

"……?"

"그 이상 지체할 순 없다."

"하오나……."

"목, 앞으로도 명심해야 할 것이다. 따르지 않는 자들에게 본 문이 베풀 것은 없다."

"버리는 것입니까?"

"한 달 후, 그때까지 신교에 입교치 않은 자들은 모두 제거한다."

"알겠습니다."

"석로들에게선 소식이 없었느냐?"

"각각 달단과 토번, 천축과 조선으로 잠입했다는 소식 이후 아직까진 별다른 기별이 없습니다."

"음, 그들 역시 늦구나."

진신극의 눈빛이 약간 가라앉았다. 예상대로라면 이미 일을 마무리 지었어야 했다. 그런데 아직까지 소식이 없다는 것은 그들만으로는 일을 이루기가 쉽지 않다는 뜻과 다르지 않았다.

'풍령문만이 유일한 장애물이라 여겼거늘……'

이제는 조금 생각을 바꾸어야 할 필요성을 느꼈다.

수천 년에 걸쳐 모든 정보를 수집해 왔다고 자신했다. 그러나 아직까지 놓치고 있는 무언가가 세상에 존재할 수 있다는 것을 인정할 수밖에 없었다. 여전히 천문의 방해를 받고 있음이 그 증거였다.

천문과 같은, 어쩌면 그보다 더 강한 것들이 중원이 아닌 다른 곳에 존재할 수도 있는 것이다.

만일 그렇다면 석로들 개개인의 힘으로 나머지 국가들을 장악하는 것은 역부족이다. 물론 고집 센 석로들은 인정하려 들지 않겠지만, 결국 중원에서와 같이 자신이 직접 나서야만 하리라.

'그의 힘을 얻을 수만 있다면……'

관우를 떠올린 진신극은 스스로 놀랐다. 왜 자꾸만 관우가 생각나는지 모를 일이다. 진무영과의 인연을 제외하면 광령문과 관우는 물과 기름과도 같은 관계인데도 말이다.

진무영도 곁을 떠난 마당에 기대할 수 있는 것은 전혀 없었다. 그녀는 관우와 함께 떠난다는 마지막 소식을 전한 뒤 자취를 감췄다.

'어디서, 어찌 지내고 있느냐?'

찾지 않았고, 앞으로도 찾을 생각이 없지만, 궁금했다. 어쩔 수 없는 아비의 심정이었다.

번지려는 마음의 동요를 애써 물리친 진신극의 시선이 다시금 서목을 향했다.

"먼저 석로들에게 기별을 넣어라. 예상을 벗어난 존재들이 나타났거든 행동을 멈추고 우선 모든 상황을 보고하라고. 그렇지 않을 시엔 다시 내 얼굴을 보지 못할 거라 전해라."

"알겠습니다."

*　　　　*　　　　*

광서와 운남의 경계에 위치한 서림(西林)은 넓게 펼쳐진 운귀고원의 끝자락이다.

비단과 목재, 동유(桐油) 등을 잔뜩 실은 광서의 상인들이 운남을 거쳐 서장과 천축으로 향하는 데 있어 길목 역할을 톡톡히 해내고 있었다.

서림이란 이름이 말해주듯 높은 산야엔 수목이 빽빽했고, 자연 몇 되지 않는 집들이 듬성듬성 마을을 형성한 한적한 곳이기도 했다.

바로 이곳에 일 년 전 외지남녀 두 사람이 정착을 하였다. 수많은 행상들이 하루가 멀다 하고 드나드는 곳이었지만, 외지인이 정착하는 일은 극히 드문 일이었다.

하지만 그들은 마을사람들의 뇌리에서 빠르게 사라졌다. 그들이 마을과는 동떨어진 곳에 자릴 잡아서이기도 했지만,

그보다는 그들의 모습이 사람들에게 거리낌을 준 탓이 컸다.

두 눈이 없는 사내와 얼굴이 크게 일그러진 여인.

탁탁탁!

잘 갈은 식도가 도마 위를 움직였다. 자루를 쥔 손의 움직임은 매우 조심스러웠다.

최대한 정성스레 소채를 썬 진무영은 허리를 펴며 한숨을 내쉬었다.

"후! 도무지 늘지를 않으니……."

고개를 절레절레 흔든 그녀는 이내 미리 달군 철판에 기름을 치고 썬 소채를 넣어 달달 볶기 시작했다.

"이번엔 맛이 있어야 할 텐데."

소금을 넣기 전 잠시 망설인 그녀다. 전에 처음으로 만든 볶음밥이 그만 소금밥이 되었던 사태를 떠올리며.

둥근 소반에 김이 오르는 볶음밥을 담아 올리고 부엌을 나섰다. 벌건 태양이 산 위로 한참이나 솟아 있었다.

"벌써 시간이 이렇게나……."

울상이 된 그녀.

분명 잠에서 깨어 부엌으로 향했을 땐 동이 트기 전이었다.

미안함이 밀려드는 동시에 절로 마음이 급해졌다. 서둘러 방문을 열어보니 단정한 자세로 앉아 있는 관우가 보였다.

"미안해. 오늘은 빨리한다고 한 게 그만 또 늦어버렸네."

어색한 웃음과 함께 방 안으로 들어온 그녀는 소반을 가운데 두고 관우에게 수저를 건넸다.

"배고플 텐데, 어서 먹어봐."

묵묵히 수저를 받아 든 관우.

"굳이 이렇게까지 할 필요는 없어."

"또 그 소리. 고작 사흘에 한 번인데 뭘. 하고 싶어서 하는 거라니까."

"……"

잠시 그녀를 바라보던 관우는 곧 수저로 볶음밥을 떠서 천천히 입으로 가져갔다.

"잠깐!"

"……?'

갑작스런 진무영의 외침에 어색한 자세로 멈추어 버린 관우.

"아무래도 소금을 너무 적게 넣은 것 같아. 잠시만 기다려봐!"

관우에게서 수저를 강제로 뺏은 그녀는 밥이 담긴 그릇을 들고 벌떡 일어섰다.

"괜찮아! 그 정도면……"

"……?!'

이번엔 진무영이 굳은 듯 멈추어 버렸다. 그녀는 너무 놀란 나머지 하마터면 들고 있던 그릇을 놓칠 뻔했다.

"지금… 뭐라고 한 거지?"

"…괜찮다고."

"뭐가?"

"소금."

진무영은 입이 벌어지려는 것을 간신히 참았다.

"먹어보지도 않고 어떻게 알지?"

"……."

"봤군."

"……."

"봤지? 몰래 본 거지? 부엌에서 만드는 거."

관우는 침묵으로 일관했다. 그러나 진무영의 얼굴엔 이미 미소가 가득했다. 그녀는 알 수 있었다, 관우가 지금 태연한 척하려고 무척이나 애쓰고 있다는 것을.

미소가 가시지 않는다. 이런 시간이 올 줄은 몰랐다. 다시 언제 올지 모르는 기회였다. 싱겁게 보내기 싫었다.

그녀는 다시금 자리에 앉아 관우의 얼굴을 빤히 쳐다보며 말했다.

"많이 불안했던 모양이군. 전에 만든 볶음밥이 엄청 짰었으니까. 그래서 이번엔 제대로 만드는지 직접 감시할 수밖에 없었던 건가?"

"……."

"그런데 아무것도 모른 채 감시를 받았다고 생각하니 조금 기분이 그런 걸? 당신이 풍령으로 감시하면 나는 전혀 알 수가 없는데, 앞으로 언제 또 그렇게 감시할지 모르니 항상 긴장을 해야 하잖아. 잠을 잘 때도 그렇고, 옷을 갈아입을 때도, 씻을 때도…… . 혹시 이미 전부 감시를……?"

"크흠, 수저는 주지 않을 건가?"

몰릴 대로 몰린 관우는 더 이상 버틸 수 없었는지 낮은 헛기침으로 그녀의 입을 막았다.

"픗!"

진무영은 결국 참았던 웃음을 터뜨렸다. 이래도 되나 싶었다. 관우가 귀엽게 느껴지다니.

그녀는 손수 수저를 관우의 손에 쥐어주었다.

관우는 어색함을 털려는 듯 즉각 볶음밥 한 숟가락을 입안에 떠 넣었다. 자신을 바라보는 진무영의 시선을 느끼며 한 술 한 술 떠 넘겼다.

맛이 괜찮았다. 간도 적절하고.

그렇게 먹고 있는데, '피식' 웃음이 새어 나오려 했다. 간신히 참았다. 그런 자신의 꼴이 왠지 우스웠다. 이게 뭐 하는 건가 싶기도 했다.

잠시 손을 멈추고 진무영을 향해 말했다.

"같이 들지."

진무영은 두 눈을 치떴다.

"처음이네, 같이 먹자고 한 건."

"그런가."

"그만큼 이번 건 맛이 괜찮다는 뜻이겠지?"

그녀는 사양하지 않고 볶음밥 한 수저를 넬름 삼켰다.

"으음, 이걸 정말 내가 만든 게 맞나?"

환하게 웃는 그녀를 보며 관우는 문득 미안한 생각이 들었다. 그녀의 말대로 지금껏 함께 먹자고 권한 적이 한 번도 없었음을 새삼 깨달았기 때문이다.

그녀에게 권하지 않은 이유가 꼭 음식이 맛없었기 때문은 아니었다. 그저 그녀의 마음을 생각하여 맛에 상관없이 깨끗하게 먹어줘야겠다는 생각뿐이었다. 하지만 결국 그녀의 마음엔 그렇게 받아들여졌던 것이다.

음식을 만들며 큰 심적인 부담을 느꼈을 그녀를 생각하니 마음이 편치 않았다.

그때 가만히 들려온 진무영의 음성.

"음식을 만드는 일, 생각해 보면 정말 별것 아닌데 말이야."

고개를 살짝 숙인 채 말을 잇는 그녀의 모습엔 약간의 수줍음이 묻어났다.

"신기하게도 만드는 내내 즐거웠지. 정말 별것 아닌데……."

"……."

마치 자신의 내심을 알아차리고 하는 듯한 그녀의 말에 관우는 더욱 마음이 무거워졌다.

'이 여인은 정말 나를 풍령으로도, 그 무엇으로도 보지 않는 것인가?'

"그런데 이제야 그 이유를 알겠어. 당신을 위해 뭔가를 해줄 수 있어서였다는 걸."

'나는……'

"고마워, 지금까지 내가 만든 음식 모두 먹어줘서."

"……!"

고개를 든 채 다시금 자신을 향해 환하게 웃는 그녀를 보며 관우는 가슴 한편이 저리는 것을 느꼈다.

'나는 이 여인을 광령문도 아닌, 나로 인해 모든 것을 잃어버린 여인도 아닌, 지금 이대로의 모습으로만 볼 수 있을까?'

오정 즈음.

아침상을 물린 뒤 떠난 관우는 공중을 가로지르고 있었다.

이제 진무영도 익숙해졌을 법한 사흘의 기약을 말없이 남기고 오늘도 어김없이 그녀 혼자만을 두고 떠났다.

하지만 오늘은 왠지 다른 날과 달리 뒤가 걸린다. 그녀에게 신경이 쓰였다. 그녀의 미소가 뇌리에서 쉽게 지워지지 않는다. 얼굴 절반을 덮은 흉측한 상처에도 불구하고 그 미소는 환하고 아름다웠다.

차라리 그늘져 있으면 좋겠다. 그러면 빚을 갚는 심정으로 그녀를 대할 수 있을 테니까. 그러나 그녀의 미소는 그 이상을 자신에게 요구하고 있었다.

아니다. 그녀는 요구한 적이 없다. 자신이 그렇게 받아들이고 있을 뿐. 그런 자신에게 짜증이 났다. 그래서 외려 그녀에게 더욱 무뚝뚝하게 굴 수밖에 없었다.

세상을 등지고 살겠다던 관우가 중원 땅인 서림에서, 그것도 대리와 크게 멀지도 않은 곳에 정착한 까닭은 전적으로 진무영을 위해서였다.

관우에겐 누구에게도 드러내지 않은 희망이 한 가지 있었다. 그것은 바로 죽음이었다. 몸의 죽음이 아닌 풍령의 소멸.

자신이 죽어 없어졌을 때 그녀에게 다시 전과 같이 세상에 돌아가 살게 하기 위해 완전히 차단된 생활을 하지 않았던 것이다.

지난 일 년 동안 사흘에 한 번 진무영과 함께 보내는 시간 외엔 전부 풍령을 소멸시킬 수 있는 방법을 찾는 일에 보냈다.

처음엔 풍령의 소멸이 절대로 불가능하다고 여겼지만, 가만히 생각해 보니 방법이 있을 것도 같았다. 풍신에게 구하여 받았으니, 다시금 풍신이 거두어 간다면 되지 않을까 싶었다.

하여 풍령을 받았던 그곳, 대곤륜산을 헤매며 풍신의 흔적을 찾기 위해 힘썼지만 전혀 찾을 수가 없었다. 다시 풍령을 거두어 가라고 미친 듯이 발악도 해보았지만 풍신은 나타나지 않았다.

그러던 수일 전, 문득 한 가지 기억이 뇌리를 스쳤다. 만유 반야대선공을 얻기 위해 천축에 이르렀을 때, 그곳에서 대면했던 청진사의 사제.

그는 미지의 존재에 빙의된 듯 조종을 받고 있었다. 또한 풍령을 알아보고 악귀를 제거하겠다며 자신을 공격한 바 있었다.

결국 그로 인해 풍령이 깨어났고, 자신은 모든 기억을 되찾게 되었던 것이다.

풍령을 알아보고, 그것을 깨울 수 있을 정도의 능력이면 어쩌면 풍령을 소멸시킬 수도 있을 거란 생각이 들었다.

그때 그 사제와 같은, 만약 그보다 더 강한 능력을 지닌 자가 어딘가에 있다면 충분히 가능한 일이란 확신이 들었다.

'나와 같은 존재여야 해. 내가 풍령을 지니고 있듯이, 뭔가를 지니고 있어야 해.'

관우는 애써 생각의 초점을 진무영에게서 옮겼다. 유일한 희망이 이루어질 수만 있다면 그녀와 관련된 모든 복잡한 생각은 할 필요도 없어질 것이다.

의지에 따라 기류가 강하게 반응하며 관우는 순식간에 천축의 하늘에 이르렀다. 전에 폐허로 만들었던 마을 근방부터 살펴볼 요량이었다.

공중에서 내려다보니 멀리 띄엄띄엄 청진교도들의 사원들이 보였다. 그중에서 여타 건물들보다 눈길이 가는 곳이 있었으니, 한눈에 보기에도 규모가 매우 컸다.

관우는 즉각 그리로 향했다. 가까이서 보니 사원의 규모에 맞게 마을도 제법 크게 발달된 곳이었다.

지키는 문지기들을 유유히 지나 열린 문틈을 통해 안으로 안으로 들어갔다.

구조는 전에 보았던 곳과 비슷했기에 기억을 되살려 중지(重地)로 여겨지는 곳을 찾았다.

사방이 꽉 막힌 곳에 이르렀을 때 드디어 어둠 속에서 한 인영이 보였다. 인영은 전에 대면했던 사제와 같은 복장을 하고 앉아 있었다.

'하지만 다르다.'

관우는 눈앞의 사제에게서 느껴지는 것이 전에 보았던 사제의 것과는 전혀 다름을 알 수 있었다. 전에 느꼈던 것이 단순한 어둠이었다면, 이자에게선 잔잔한 광채와도 같은 것이 느껴졌다.

"하늘을 거스른 자가 이곳엔 어쩐 일이오?"

"……?!"

또렷한 한어였다.

갑작스레 들려온 인영의 음성에 관우는 소스라치게 놀랐다. 인영은 이미 자신이 올 것을 알고 있었을 뿐만 아니라, 자신이 어떤 자인지까지 아는 듯했다.

"어떻게 나를……?"

"나와 같이 신의 택함을 받은 자는 당신을 알아볼 수 있소."

"신의 선택을 받은 자? 그럼 전에 보았던 그 사제도 당신과 같이 선택을 받은 자였나?"

"그는 아니오. 신의 선택이 아닌, 마귀에게 조종을 받아 거짓으로 사람들을 호도하는 자들 중 하나일 뿐이오."

"마귀라······."

관우는 내심 고개를 끄덕였다. 눈앞의 사제의 말대로라면 왜 두 사람에게서 느껴지는 것이 달랐는지 설명되는 것이다.

"나에 대해 얼마나 알고 있지?"

사제는 눈을 들어 관우를 응시했다. 관우는 그의 시선이 정확히 풍령을 향하고 있음을 느낄 수 있었다.

"당신이 이곳을 찾아온 이유를 알고 있소."

"······!"

그의 말에 관우는 놀람과 동시에 기대감을 높였다. 예상대로 이들은 뭔가가 달랐다. 원하는 바를 이룰 수도 있겠다는 생각이 들자 절로 가슴이 뛰었다.

하지만 다시 들려온 사제의 음성은 단번에 그러한 기대감을 꺾어버렸다.

"하나, 나는 당신이 원하는 것을 들어줄 능력이 없소."

순간, 관우의 분위기가 차갑게 가라앉았다. 이에 개의치 않고 사제의 말은 계속되었다.

"당신이 얻은 것은 신의 뜻에 따라 주어진 것, 주신 이가 아니면 그 누구도 거둘 수 없소."

"신의 뜻이라니? 내가 아는 풍신이 너희가 섬기는 신과 같다는 말인가?"

"그 역시 신의 뜻에 따라 움직이는 존재에 불과하오. 해가 하나뿐이듯, 상천하지에 신은 오직 한 분뿐이오."

"헛소리는 집어치워라!"

관우의 음성은 이미 격해져 있었다.

"네가 섬기는 신이 그러던가? 내가 찾아오면 내가 원하는 것을 들어주지 말라고?"

그런 관우를 바라보는 사제의 두 눈에 측은함이 떠올랐다.

"당신이 고통에서 벗어나는 방법은 단 하나, 그분의 뜻에 순응하여 세상의 모든 질서를 파괴하려는 무리를 처단하는 것뿐이오."

"후후, 그래, 그런 말이 또 튀어나올 줄 알았어. 너도나도 고상한 척, 아는 척, 잘난 척이지. 그렇게 잘 알면 네가 직접 놈들을 처단하면 되겠군? 잘난 '그분'의 뜻에 순종해서 말이야."

분노와 조롱이 가득한 말이었다. 무너진 기대로 인한 상실감마저 더해진 관우의 태도가 심상치 않게 변했다.

하지만 이를 보면서도 사제는 조금의 동요도 없었다.

"그 누구도 대신할 수 없는 일이오. 오로지 당신만이 할 수 있소. 그 일을 위해 선택받았으니까."

"신의 택함을 받았다더니, 확실히 다르긴 하군. 이 상황에서도 태연하게 나를 가르치려 들 생각을 하다니 말이야."

"마음을 다스리는 일은 스스로가 해야 할 일, 신이 대신해 주지 않소. 당신이 그럴수록 고통과 슬픔은 더해질……."

"그만! 그만! 그만!"

"……."

인내의 한계에 다다른 듯 세차게 고개를 흔들며 악을 쓰는 관우.

"신의 힘이라도 갖고 있는 거냐? 아니면 신에 미쳐서 두려움이란 것을 잊은 것이냐?"

"나를 해할 생각이라면 그만두시오."

"후, 이제야 봐달라고 사정을 하는 건가?"

"당신은 나를 해할 수 없소."

"그런 비슷한 말을 했던 녀석들이 있었지. 이미 지하에 묻혀 버렸지만."

퍽!

관우에게서 순간적으로 뿜어져 나온 압력에 주변 공간이 폭음을 내며 왜곡을 일으켰다.

그러나 그뿐. 그것은 더 이상 뻗어나가지 못하고 사그라졌다.

"이럴……!"

충격으로 인해 채 말도 잇지 못하는 관우.

방금 방출한 힘은 사원은 물론이고 마을 전체를 날려 버리고도 남을 만한 것이었다. 그것이 어이없이 좁은 석실 안도 벗어나지 못한 채 사라지고 만 것이다.

"그만두시오. 다시 말하지만 당신은 나를 해할 수 없소."

사제는 본래 앉은 자세 그대로 요지부동이었다.

"이럴 수는 없어!"

당황한 관우는 힘을 배가시켜 재차 사제를 공격했다. 하지만 이번에도 역시 석실을 벗어나지 못한 채 소멸했다.

"이, 이건 말도 안 돼……."

헤어나올 수 없는 충격이었다. 풍령이 이처럼 무기력한 적이 있었던가? 아니, 그보다 이런 일이 정말 일어날 수 있단 말인가?

이미 두 차례나 확인했음에도 관우는 도저히 인정할 수가 없었다.

멍하니 서 있는 관우를 향해 사제가 다시 입을 열었다.

"이곳은 신성한 곳이오. 더 이상의 망동은 나도 용납할 수가 없소. 어리석은 행동은 그만하고 분노를 가라앉히시오."

"어째서……?"

"……?"

"어째서 통하지 않는 거지?"

묻는 것인지, 아니면 혼잣말인지 모호한 관우의 음성이 흘러나왔다.

"신의 뜻으로 인해 당신이 가진 것을 소멸시키진 못하나, 나 역시 택함을 입은 몸, 당신 또한 나를 해할 수 없는 것은 마찬가지요. 이제 알겠소? 당신의 힘은 내겐 통하지 않는다는 걸."

"크윽! 그런 말도 안 되는……!"

관우는 이를 악물며 소리쳤다.

정말 말도 안 되는 이야기다. 그런데 뭐라 반박할 수가 없었다. 이미 나타난 결과는 사제의 말을 그대로 증명하고 있었기 때문이다.

'진정……! 진정 내 뜻대로 죽을 수도 없단 말이냐!'

털썩!

밀려드는 허망함에 관우는 그대로 허물어졌다.

무릎 꿇은 망연한 표정 속으로 눈물이 흘러내린다. 그동안 참고 억눌러 왔던 한이었다. 더 이상은 버틸 수 없었다.

이제 자신은 아무것도 할 수 없다. 발악도 원망도, 도망을 갈 수도, 목숨을 끊을 수도 없다.

절망마저 사치였다. 절망이라는 허울 안으로도 달아날 수가 없는 것이다.

"나를 죽여줘."

관우의 입에서 떨리는 음성이 새어 나왔다.

"나를 죽여줘, 제발……."

"……."

사제의 두 눈이 깊이 가라앉았다. 자신에게 하는 부탁이 아님을 그 역시 알고 있었다.

관우는 계속해서 그 한마디를 주문처럼 되뇌었다.

'이 상태로는… 이자는 감당할 수 없겠구나.'

사제는 측은한 눈빛으로 관우를 바라봤다.

'신의 긍휼이 있으시기를…….'

그는 한동안 말없이 관우를 지켜봤다. 어느 순간부터 관우는 힘없이 고개를 떨군 채 움직임을 멈췄다. 되뇌던 말도 잠잠해진 지 오래였다.

'내가 이자에 대하여 알 수 있는 것은 여기까지……. 혹, 그분이라면 이자를 향한 신의 뜻을 좀 더 아실 수도 있을 터.'

고심 끝에 사제는 관우를 향해 입을 열었다.

"서쪽으로 가시오."

"……."

"병들고 상한 양들만을 돌보는 자를 찾으시오. 그분이 정확히 어디에 있는지는 나도 모르오. 그러나 그분과 가까이 있는 자는 그분이 어디에 있는지 알고 있을 거요."

그가 말을 마치자 관우의 고개가 천천히 들려졌다.

"그자는 나를 죽일 수 있나?"

나직한 음성이었다.

"그분을 찾거든 직접 물으시오. 내가 당신에게 해줄 수 있는 것은 이 말뿐이오."

"누구지, 그는?"

"신의 대언자."

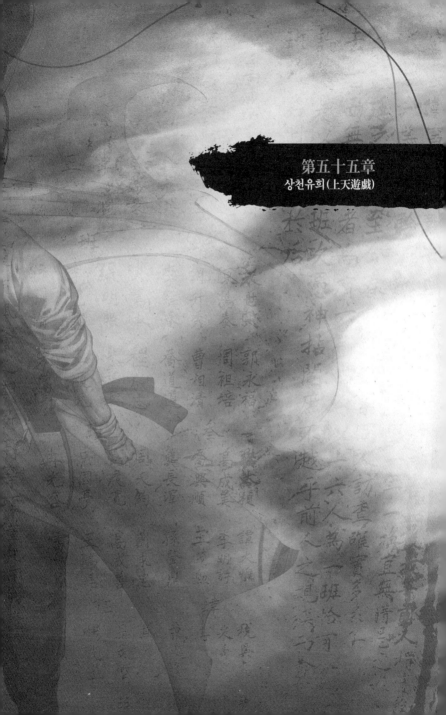

第五十五章
상천유희(上天遊戲)

風神遺事

풍신유사

새벽에 눈을 뜬 진무영은 두터운 겉옷을 걸치고 방문을 열었다. 어둠과 함께 찬 기운이 그녀를 맞이했다. 비록 한 달 남짓한 짧은 광서의 겨울이지만 따스함에 익숙한 이곳 사람들에겐 이만한 추위도 없었다.

곧장 부엌으로 향한 그녀는 어젯밤 미리 준비해 둔 재료들로 요리를 시작했다.

어색함과 긴장, 서투름은 전혀 찾아볼 수가 없이 자연스럽고도 여유롭다. 칠 년이란 세월은 그녀의 식도를 다루는 솜씨마저 어느 정도 경지에 다다르게 하기에 충분했다.

소반에는 금세 뜨거운 김이 오르는 볶음밥이 차려졌다. 그것을 들고 다시 방문 앞에 선 그녀는 얕은 숨을 내뱉었다.

"후우."

기대와 떨림, 그리고 불안감……

저 문을 열었을 때 그가 있기를.

마치 칠 년 전 그날이 사흘 전이었던 것처럼, 그렇게 아무렇지 않게 앉아 자신을 기다리고 있기를.

덜컹!

그러나 안타깝게도 오늘 역시 현실이 된 것은 불안이었다.

휑한 방 안에 소반을 놓고 홀로 앉은 그녀는 굳은 듯 움직일 줄을 모른다.

소반 위에 피어오르던 김이 더 이상 나지 않고, 문틈을 비집고 들어온 햇살이 그녀의 얼굴을 비출 때까지 고개를 떨구고 있을 뿐이었다.

오랜 침묵 속에 기어이 한 줄기 눈물을 흘리고 만 그녀.

"하! 정말 바보 같군."

그렇게 울지 말자 다짐을 해놓고 또다시 눈물을 보인 자신이 한심했다. 너무나 연약한 자신의 모습에 화가 날 지경이었다.

소매로 뺨의 물기를 훔친 그녀는 수저를 들고 이미 식어버린 볶음밥을 입안에 떠 넣었다.

한 입 한 입, 밥알을 씹을 때마다 코끝이 시려온다.

입안에 가득한 것을 삼키려 해도 매인 목구멍으로 도무지 넘어가지가 않는다.

"흐윽!"

주체할 수 없는 감정에 그녀는 결국 어깨를 들썩이며 흐느끼기 시작했다.

이제는 지쳤나 보다. 버틸 만큼 버텼나 보다. 그와 같은 생각들이 그녀를 더욱 슬프게 만들었다.

그렇게 한참을 서럽게 울던 진무영. 어느 순간 돌연 들썩임을 멈췄다.

밖이었다. 누군가의 기척이 느껴졌다.

'그 사람이야!'

그녀는 즉각 홀린 듯 밖으로 뛰쳐나갔다.

하지만 밖의 상황을 확인한 그녀의 두 눈엔 금세 실망의 빛이 떠올랐다.

방문 앞에는 한 사내가 서 있었다. 그녀가 익히 아는 얼굴이었으나, 관우는 아니었다.

'그래, 그 사람이 기척을 내며 나타날 리가 없지.'

"후후후……."

허물어지듯 주저앉은 그녀의 입에서 허탈감에 젖은 웃음이 새어 나왔다.

"소주."

사내가 나직이 그녀를 불렀다.

"이만 저와 함께 돌아가시지요."

"……."

사내의 말에 진무영은 대꾸하지 않았다.

대신 그녀는 한참 후에야 입을 열어 물었다.

"목, 어떻게 나를 찾아왔지? 아버지께서 나를 찾으라 하셨나?"

"제 독단입니다. 문주님은 더 이상 찾지 말라고 하셨지요."

"건방지구나."

"송구합니다."

"언제부터냐?"

"이곳에 정착하신 후 일 년 뒤에야 찾을 수 있었습니다."

"돌아가라. 다신 아버지의 뜻을 거스르지 마라."

진무영은 단번에 선을 그었다. 그러나 사내, 서목은 이를 무시하듯 말했다.

"소주의 힘이 필요합니다."

"……?"

"대망을 이루는 것이 수월치 않습니다. 뜻하지 않은 무리들이 곳곳에서 훼방을 놓고 있습니다."

"놀라운 말이군. 네가 이렇게 나를 찾을 정도로 광령문을 다급하게 만든 무리들이 있다니."

서목은 그녀가 말은 그렇게 했지만 별다른 관심을 보이지 않고 있음을 알 수 있었다.

"이미 광령문과는 끊어진 인연이다. 목, 너는 쓸데없는 짓을 했다."

"그는 소주를 버렸습니다."

"······?!"

진무영은 고개를 들고 서목을 쏘아봤다. 하나 이에 아랑곳 없이 서목은 말을 이었다.

"뿐만 아니라 그는 그가 속했던 풍령문마저 버린 자입니다. 그로 인해서 본 문이 잃은 것은 소주 한 분뿐입니다. 그는 우리와 아무런 상관이 없는 자가 될 것입니다. 소주만 돌아오신다면······."

서목은 결국 고개를 숙이고야 말았다. 진무영의 두 눈에서 폭사되는 빛을 감당할 수 없었다. 그녀의 표정은 당장에라도 손을 쓸 듯, 분노로 가득 차 있었다.

하지만 곧 그녀는 서목에게서 시선을 거뒀다.

"너를 필요로 하실 아버지를 생각하여 이 자리에서 죽이지 않은 것을 명심해라. 무슨 말을 해도 나는 가지 않을 것이니 다시는 나를 찾아오지 마라."

털썩!

진무영 앞에 무릎을 꿇은 서목.

"죽음을 각오하고 드린 말씀입니다. 이미 소주를 찾아올 때부터 그러했습니다. 그만큼 지금 본 문은 소주의 힘이 절실합니다."

"······."

그런 그를 진무영은 한동안 말없이 바라봤다.

"목, 고개를 들어 나를 봐라."

그녀의 음성은 차분해져 있었다.

서목의 시선이 자신을 향하자 그녀는 말을 이었다.

"내 얼굴을 뒤덮은 이 상처는 그의 목숨을 살리려다 생긴 것이다. 지난 칠 년간 이 상처는 고스란히 남아 있었고, 또 앞으로도 그렇겠지. 무엇도 이 상처를 사라지게 할 수 없다. 그것을 알았기에 모든 것을 버리고 그를 찾아갔던 것이다."

"……."

"목, 이제 알겠느냐? 이 상처가 남아 있는 한 나는 그를 떠나지 못한다."

"하지만! 그는 소주를 이미 떠났……!"

"분명히! 나는 분명히 내가 그를 떠날 수 없다고 말했다. 그가 나를 떠났든 떠나지 않았든, 그 사실은 달라지지 않아."

"……!"

서목은 더 이상 입을 열 수 없었다. 진무영의 두 눈에 맺힌 눈물을 보았기 때문이다.

'아아!'

대신 그는 내심 크게 한탄했다.

눈앞의 진무영은 이미 자신이 알고 있던 존재가 아니었다. 한 사내로 인해 슬퍼하고 눈물짓는 연약한 여인에 불과했다.

'정녕 가장 괴로운 삶을 사시려 합니까!'

안타까움에 주먹을 움켜쥔 서목은 천천히 무릎을 세웠다.

"저는 소주를 이해할 수 없습니다."

진무영은 웃었다.

"나 역시 지금의 나를 다 이해할 수 없다. 하나, 목."

"……?"

"그는 반드시 내게 돌아올 것이다. 나를 이곳에 둔 것이 바로 그니까."

"……."

서목은 말없이 그녀를 응시했다. 그리곤 깊게 고개를 숙였다.

"보중하십시오."

그가 몸을 돌려 떠나려는 순간이었다. 그의 등 뒤에서 눈부신 섬광이 번쩍였다가 사라졌다.

황급히 뒤를 돌아본 서목은 두 눈을 부릅떴다. 진무영의 미간에서 마치 안개가 피듯 빛이 스멀스멀 피어 나와 그녀의 손바닥 위에 모이고 있었다.

"소주!"

다급하게 불러봤지만 이미 그녀의 모든 행동은 끝난 뒤였다.

진무영은 손위에 모인 주먹만 한 빛덩이를 서목에게 내밀었다.

"이것을 가져가라."

"소주! 어찌 이렇게까지……!"

서목은 울부짖었다. 그는 빛덩이가 무엇인지 알고 있었다. 저것은 광령문도들만이 가질 수 있는 원광정(圓光精)이었다.

내 것으로 만든 빛의 기운.

일반 문도들은 저만한 크기의 원광정을 결코 가질 수 없다. 문주의 딸, 진무영이기에 가능한 크기였다.

"내 힘이 필요하다 하지 않았느냐."

"하지만……!"

"육신의 생기와 화합한 것은 아껴두었다. 그를 기다려야 하기에……. 하나 이것만으로도 도움은 될 것이다."

"……!"

서목은 감정을 억누르느라 전신을 부들부들 떨었다.

"받아라, 어서."

진무영의 재촉에 그는 떨리는 양손을 내밀 수밖에 없었다. 한 번 꺼낸 원광정은 결코 되돌릴 수 없음을 알기에.

"후일에… 꼭 다시 찾아오겠습니다."

"고맙다. 그땐 웃으며 볼 수 있겠지."

진무영은 서목을 향해 미소를 보였다. 왠지 기운이 없어 보였다. 서목은 차마 더는 그녀의 얼굴을 대하지 못하고 그대로 신형을 돌려 사라졌다.

*　　　*　　　*

"공교롭네요. 광령문의 소문주, 아니, 이제는 그저 한 여인일 뿐이군요. 아무튼 그녀를 찾아낸 오늘 저와 같은 일을 목도하게 되다니."

"으음, 멀리 가지 않았을 거라더니, 위 가의 말대로였구나."

"확실한 건 지금 풍령은 그녀와 함께 이곳에 계시지 않다는 거예요."

멀리 초옥을 바라보며 나란히 선 두 남녀는 조금 전 자신들이 본 광경에 충격을 받은 듯 표정들이 심각했다.

"이제 어찌할 생각이시죠?"

여인, 모용란이 넌지시 물었다. 이에 곁에선 소광륵은 잠시 침묵하곤 입술을 떼었다.

"내가 이곳에 온 것은 주군을 만나뵙고자 함이었다. 만나서 마지막으로 그분의 마음을 돌리고 싶었다."

"사실을 모두 말씀하시려 했군요?"

"그렇다. 그분이 나선다면 지금 즉시 세상을 바로잡을 수 있을 테니 말이다."

"하면……."

"결국 좀 더 기다려야 하겠구나."

"천하가 어지러워졌어요. 이는 비밀석실로 숨어들 당시엔 전혀 예상치 못한 상황. 위 대가께선 여전히 느긋하시지만, 솔직히 말씀드려 전 과연 우리 힘으로 가능할지 확신이 서지 않아요."

그녀의 말에 소광륵은 가볍게 코웃음을 쳤다.

"위 가 그놈이 네겐 말하지 않은가 보구나."

"……?"

"'세상을 바로잡는 건 우리가 아니라 결국 하늘이다. 광령문의 야욕으로 세상 곳곳에 잠들어 있던 미지의 힘들이 깨어나긴 했으나 그들도 버티기에 급급할 뿐, 모든 상황을 정리하고 세상을 바로잡을 역량은 없다. 그러한 힘은 오직 한 사람에게만 주어졌기에……' 라고 말하였지. 위 가 그놈이."

"하지만 풍령은 이미 그 사명을 스스로 저버렸어요."

"나도 그렇게 반문했었지."

"위 대가가 뭐라 하던가요?"

"사명은 저버렸어도 하늘이 부여한 그 힘은 여전히 이 세상에 고스란히 남아 있다고 하더구나."

"언젠가 그분이 돌아오실 거란 뜻인가요?"

"그야 나도 모르지. 위 가 그놈이 그건 말을 하지 않았으니까."

"흥, 항상 그런 식이지요. 위 대가는. 그나저나 두 분만 그런 대화를 나누다니 너무하시네요."

"그럼 어쩌겠느냐? 위 가 놈이 갇힌 석실엔 나만 들어갈 수 있는 것을."

소광륵의 말에 모용란은 짐짓 놀란 표정을 지어 보였다.

"천하의 패마께서 그런 식으로 한참 어린 후배에게 희롱까지 던지시고, 대선공의 끝에 이르면 그렇게 사람이 변하는 건가 보죠?"

"궁금하면 속히 너도 끝을 취하면 되겠구나."

"하! 점점 더… 정말 이러시기에요? 알겠어요. 저도 이제 돌아가면 철탑 대협처럼 제 방에 틀어박혀 한 발짝도 나오지 말아야겠군요."

잔뜩 뿔이 난 얼굴로 말하는 그녀.

"위 대가는 대체 왜 그 광장에 갇혀서는……!"

그 모습을 보며 소광륵은 미소를 머금지 않을 수 없었다. 하지만 그의 미소는 순식간에 지워졌다.

반사적으로 몸을 돌리며 모용란을 등 뒤로 물린 소광륵.

잠시 후, 그들의 뒤에 한 사내가 나타났다. 그는 조금 전까지 진무영과 함께 있었던 서목이었다.

이미 떠난 줄 알았던 그가 자신들 앞에 나타난 것에 소광륵과 모용란은 놀라움을 감추지 못했다.

"누군가 했더니, 전에 당가를 무너뜨릴 때 당가의 여식을 빼내간 자들이었군."

서목이 낮게 말하며 천천히 다가왔다. 그의 몸은 이미 광채로 휩싸인 상태였다.

"저자는 혼자다. 먼저 돌아가거라."

등 뒤의 모용란을 향해 소광륵이 말했다.

"적게나마 제가 돕는 것이…….."

"아니다. 비록 지금은 혼자이나 언제 다른 광령문도들이 몰려올지 모른다. 너라도 먼저 몸을 피하는 것이 상책."

"괜찮으시겠어요?"

"해봐야 알겠지."

소광특의 말에 그녀는 동의할 수밖에 없었다. 소광특은 대선공을 완성했다. 완성하고 처음으로 대면하는 싸움.

전과 같이 허무한 싸움은 되지 않으리라. 적어도 자신이 몸을 빼낼 수 있도록 충분히 막아줄 수 있을 거라 확신했다.

"꼭 무사히 돌아오세요."

그동안 함께하며 깃든 정리는 결코 얕지 않다. 소광특은 그녀의 마음을 고스란히 느끼며 묵묵히 고개를 끄덕여 주었다.

이윽고 모용란은 지체없이 신형을 날렸다. 하지만 서목은 이를 가만히 지켜볼 뿐이었다.

"도망이라……. 어리석구나. 네가 혼자 날 막을 수 있을 거라 여기는가?"

그의 말에 소광특은 당당히 대꾸했다.

"내가 가진 영력을 헤아릴 수 있느냐? 그렇다면 잘 봐라."

"……?"

서목의 두 눈이 가늘어졌다. 소광특은 말뿐이었다. 뒷짐을 쥔 자세 그대로 미동조차 없었다.

그러나 오래 걸리지 않아 서목의 눈이 커졌다.

"이! 이건……?"

아무것도 보이지 않고, 달라진 것은 없다. 하지만 그는 느낄 수 있었다, 비교할 수 없이 커진 소광특의 영력을.

'지금의 나와 비교해도 크게 떨어지지 않는다!'

믿을 수 없었다. 한낱 무공이란 하급 수단을 익힌 자가 아니었던가! 그 어떤 무공으로도 이런 영력을 내뿜을 수는 없다. 골칫거리였던 천문의 그 어떤 자도 이만한 영력을 보인 적은 없었다.

"놀라우냐?"

"……!"

서목은 즉각 대꾸하지 못했다. 하지만 그는 곧 평정심을 되찾았다.

"부인할 수 없군. 어떻게 그와 같은 영력을 얻었지?"

"하늘의 뜻이겠지, 너희를 미워하는."

"기고만장하구나. 분명 놀랍긴 하나, 그 정도로 나를 제압할 순 없다."

"그것이야말로 부딪쳐 본 뒤에나 할 수 있는 말이 아니냐?"

"감히! 후회하게 해주지."

서목이 먼저 움직였다. 둘은 곧 너나없이 몸을 섞었다. 섬광과 타격음이 연이었다. 서목은 광채로 소광릉을 집어삼키려 들고, 소광릉은 대선공으로 이를 막아내며 수시로 손발을 내뻗었다.

'결국 속도의 싸움! 타격술을 배우지 않았음에도 반응이 이렇게나 빠르다니!'

소광릉은 감탄을 금치 못했다.

광령문도들은 무공을 배우지 않았다. 수족을 통한 공방에 있어 단련되어 있을 리 만무하다. 그럼에도 눈앞의 서목은 자신의 모든 공격을 여유롭게 막아내고 있었다.

수많은 고련을 통한 반사적인 행동이 아니었다. 자신의 모든 움직임을 낱낱이 살피고, 파악하고, 가공할 만한 속도로 막아내고 있는 것이다.

'승세를 얻기는 어렵겠구나!'

영력으로 압도하지 못한다면 타격을 가해야 하는데, 그러기엔 이자는 너무 강했다. 일반 다른 문도들과는 차별이 되는 자였다.

한편, 서목 또한 소광륵과 비슷한 생각을 했다.

소광륵의 공격은 어렵지 않게 막아내고 있는 반면 영력으로는 압도하지 못하는 상황.

'이 정도일 줄이야! 이대로는 쉽지가 않다!'

충격, 또 충격이었다.

중원 밖에서 만만치 않은 능력을 가진 자들이 등장한 것도 모자라, 이젠 그토록 무시했던 무림인들까지 나타나 믿기지 않는 힘을 보여주고 있으니……

'진정 하늘이 작정하고 방해를 하는 것인가?'

소광륵과 몸을 섞는 와중에도 그는 심각하게 고민했다. 이대로 싸움을 계속할 것이냐, 아니면 그치느냐.

결론은 후자였다. 전력을 다한다면 달라질 수도 있지만, 그렇게까지 할 필요를 느끼지 못했다. 그리고 그것은 소광특의 생각과도 일치했다.

두 사람은 누가 먼저랄 것도 없이 동시에 서로에게서 물러났다.

서목의 몸에서 광채가 사라지는 것을 본 소광특은 자신 역시 대선공을 거두며 입을 열었다.

"물러설 줄도 알다니. 하나밖에 모르는 무모한 족속들은 아니었구나."

이에 서목은 얼굴을 굳히며 말했다.

"너는 운이 좋았다. 하나 너희가 오늘 이곳을 찾아온 목적이 무엇이든 경거망동하지 않는 게 좋을 것이다. 너희의 존재를 알게 된 이상 앞으로 오늘과 같은 운은 결코 없을 테니까."

말을 마치자마자 그는 한 줄기 빛으로 화해 사라졌다.

"역시… 대선공만으로는 부족하겠구나."

홀로 읊조리는 소광특의 음성엔 씁쓸함이 묻어났다. 그러나 곧 그의 두 눈은 새로운 각오로 빛나고 있었다.

*　　　*　　　*

아이는 또랑또랑한 눈으로 위탕복을 쳐다봤다.

"어서 일어나요, 몽 할아버지."

"몽 할아버지라니?"

"꿈 얘기만 하시니까 몽 할아버지죠."

"싱거운 녀석, 오늘은 왜 이렇게 일찍 온 게냐?"

"좀 일찍 일어났거든요."

"왜?"

"굉장한 꿈을 꾸다가 깼는데, 다시 잠이 오지 않았어요."

"그래? 어떤 꿈이었지?"

"이 지하동굴에서 나가는 꿈이요."

위탕복은 두툼한 양볼을 실룩이며 아이의 머리를 쓰다듬었다.

"좋은 꿈을 꿨구나."

"그쵸? 그러니까 빨리 일어나서 운동하세요."

"……?"

"꿈엔 몽 할아버지가 엄마보다도 홀쭉했으니까요."

"후후! 네 말대로 참 굉장한 꿈이로구나. 그런데 어쩌지? 이제부터는 함께 운동을 할 수가 없을 것 같은데."

"왜요? 숨이 많이 차세요?"

"그렇단다."

"일어나지도 못할 만큼?"

고개를 끄덕이는 위탕복.

아이의 얼굴에 금세 수심이 떠올랐다.

"나와 한 약속 잊지 않았겠지?"

"엄마한테 말하지 않는 거요?"

"그래, 아직은 말하면 안 된단다."

"하지만……."

아이는 작은 손을 뻗어 위탕복의 까칠한 얼굴을 쓰다듬었다. 그 손에서 느껴지는 온기에 위탕복은 절로 미소를 머금었다. 하지만 그 미소를 보면서도 아이는 웃지 않았다.

"할아버지… 죽는 거야?"

위탕복은 내심 쓰린 가슴을 부여잡으며 입을 열었다.

"녀석, 죽는 게 무엇인지 아느냐?"

"응, 죽으면 할아버지를 볼 수 없는 거잖아요."

"……."

의외의 대답에 차마 대꾸하지 못한 위탕복은 손을 뻗어 아이의 볼을 어루만졌다. 간신히 진탕된 마음을 다잡은 그는 아이를 향해 다시 미소를 그리며 말했다.

"언젠간 죽겠지. 하지만 아직은 아니란다."

"정말요?"

"물론이지. 그러니 염려 말고 수련이나 어서 시작하자꾸나. 앞으로는 운동하지 않을 것이니, 그 시간만큼 수련을 할 생각이다. 어떠냐?"

"음, 좋아요."

"좋다. 그럼 우선 어제 배운 것을 다시 해보거라."

"넵!"

대답과 함께 아이는 벌떡 일어섰다. 눈을 감은 아이는 자연스럽게 양손을 아래로 늘어뜨렸다.

"바람이 느껴지느냐?"

"네, 그런데 할아버지?"

"……?"

아이는 눈을 감은 채로 말을 이었다.

"어젯밤에 제 방에 돌아가서 이걸 해봤는데요. 그때 바람이 움직였어요."

흠칫 놀란 위탕복.

"움직이다니? 네가… 바람을 움직였다는 말이냐?"

"네. 보실래요?"

즉각 양손을 들어 허공에 뭔가를 그리듯 천천히 움직이는 아이.

순간 공간을 흐르던 미약한 기류가 급격히 빨라지며 가로, 세로, 높이 각 십 장이 넘는 지하광장을 이리저리 휘젓기 시작했다.

위잉! 위이이이잉……!

이를 본 위탕복은 입을 벌린 채 할 말을 잃었다.

'과연 그분의 소생이구나! 고작 화풍술만 가르쳤음에도 섭풍술을 마음대로 펼쳐 보이다니!'

경탄과 동시에 마음 한구석에 있었던 염려가 깨끗하게 해소되는 것을 느꼈다.

사실 그는 불안했었다. 서고에 꽂혀 있는 책들을 나름대로 해석하여 바람을 다스리는 법을 가르치는 것이 그가 할 수 있는 최선이었다.

때문에 혹여 잘못 가르치는 것은 아닐지 노심초사한 것은 당연했다.

그런데 그건 모두 기우에 불과했다는 걸 위탕복은 이제야 깨달았다.

배워야 익히는 평범한 아이가 아니었다. 스스로 깨우치며, 성장한다. 마치 그의 아비처럼……

'편히 눈을 감을 수 있겠군.'

아이가 태어난 그 이듬해.

처음 이 지하광장에 홀로 풍벽에 의해 갇히게 되었을 때부터 지금껏 그에겐 불안과 고통의 나날들뿐이었다. 하늘도 그 까닭을 알려주지 않아 답답할 지경이었다.

당하연과 소광특을 비롯한 다른 이들과 완전히 단절된 채 사는 그에게 하늘은 끊임없이 꿈을 꾸게 하였다. 감히 주체할 수도, 감당할 수도 없는 꿈들이 매일같이 그를 괴롭혔다.

그와 같은 상황에서 그가 할 수 있는 것은 오직 기록하는 것뿐. 봇물 터지듯 샘솟는 꿈의 내용들을 적고, 적고, 또 적었다.

모든 앞날에 펼쳐질 세상과 그 안에 이루어질 놀라운 사실들에 관한 이야기가 그의 손끝을 통해 그려졌다.

그러던 어느 날, 드디어 풍벽을 뚫고 반가운 얼굴이 그가 갇힌 지하광장 안으로 들어왔다. 만유반야대선공을 완성한 소광특이었다. 놀랍게도 대선공을 완성한 그에겐 풍벽은 더 이상 장애가 아니었던 것이다.

그리고 또다시 어느 날, 그와 소광특이 함께 지하광장에 있을 때에 또 한 사람이 풍벽을 뚫고 안으로 들어섰다. 바로 지금 그의 눈앞에 서 있는 아이였다.

서툰 걸음과 호기심 어린 눈망울.

그때부터였다, 매일같이 아이가 지하광장에 찾아와 자신을 만난 것은.

'벌서 삼 년, 그새 많이도 자랐구나.'

스스로 신기해하며 섭풍술을 펼치고 있는 아이를 보면서 위탕복은 깊은 회한과 함께 뿌듯함을 느꼈다.

"할아버지! 어때요? 저 잘하죠? 헤헤……."

아이가 해맑게 웃자 그의 입가에도 환한 미소가 걸렸다.

'저 웃음을 잃지 않았으면……. 사명이 주어졌을 때에도, 그 사명을 짊어질 때에도……. 훗날 제 아비를 만나게 될 때에도…….'

"하핫! 할아버지! 너무 재밌어요! 길아(吉兒)는 바람이 정말 좋아요!"

종(終)

내 이름은 장부교. 하늘은 나를 버렸다.

서편 땅을 돌고 돌아, 메마른 사막과 거친 산야를 헤매고
헤매기를 이십여 년.

불모의 땅이 끝나고 너른 초야(草野)가 시작되는 경계 즈음
에서, 마침내 나는 그를 만날 수 있었다. 신의 대언자를…….

그는 나를 보고 놀라지 않았다. 그는 내가 누구인지 알고
있었다. 내가 그를 찾아 헤맨 모든 세월까지도.

그랬다. 그는 잘난 하늘의 뜻을 핑계 삼아 일부러 나를 외
면했던 것이다.

분노에 찬 내게 그가 말했다. 그 세월 동안 내 스스로 마음을 돌이키길 원했다고. 그것이 하늘이 내게 준 마지막 기회였으며, 내가 '살 수 있는' 유일한 길이었다고.

나는 그 자리에서 그의 숨통을 끊었다. 그를 내게 가르쳐준 사제와 달리 그는 아무런 저항조차 하지 않았다. 마치 내 손에 죽는 것도 하늘의 뜻인 것처럼 고고하게, 그렇게 그는 최후를 맞았다.

순간 하늘이 검게 변하고 뇌전과 우레가 나를 향해 몰아쳤다.

나는 기뻤다.

하늘이 분노했다. 비로소 그 잘난 하늘이 허울을 벗고 나를 향해 본색을 드러낸 것이다.

그때 나는 결심했다. 하늘이 그랬듯, 나 역시 하늘이 되어 세상을 내 손안에서 조종하기로. 모든 인간이 우러러보며, 그 우러러보는 연약한 인간들을 마음대로 주무르는 신이 되기로.

내 이름은 장부교.

나는 하늘을 버렸다.

『풍신유사』完

작가후기

풍신유사.

마치기까지 참 오래 걸렸습니다.

이 글을 쓰기 전, 이 년여 전에 썼던 작가서문을 읽어보았습니다. 부끄럽더군요, 제 자신에게. 그리고 죄송스러웠습니다. 당시 제 글을 접하셨던 독자 분들과 이제껏 기다려 주신 청어람 출판사 관계자 분들께.

일신상 여러 가지 일이 있었지만, 어떤 말도 변명밖에는 되지 않을 겁니다. 죄송합니다.

풍신유사는 열린 결말로 마무리가 되었습니다. 동일한 세계관으로 수년 후에 2부 격이 되는 글을 쓸 계획이 있습니다. 그땐 제 실력이 배가되어 있기를 바랍니다.

앞으로도 활자로든, 연재로든, 많은 분들과 제 이야기를 함께 나누고 싶습니다.

마지막으로,

감사합니다.

신일용 攝.

기적

홀로선별 퓨전 판타지 소설

무공을 익힐 수 없는 비운의 천재 제갈수.
공작가의 망나니 공자 슈.

운명을 벗어나려는 제갈수의 노력은 망나니 공자의 죽음과 만나 비상한다.

제갈수의 영혼과 슈의 신체를 이어받은 새로운 슈 부르셀라 폰 레비안또 가누비엔
그것은 하나의 위대한 기적!

홀로선별 퓨전 판타지의 신기원!

『기적!』

따뜻한 그의 이야기가 지금 시작된다.

유행이 아닌 자유추구 -
www.chungeoram.com
Book Publishing CHUNGEORAM

魔 군 종사 마도종사

백일
新무협 판타지 소설

문피아 연재 시 화제를 불러일으켰던 바로 그 작품!
비장미로 감싼 전율적인 마도의 영웅 서사!

화산을 불태우고 무당을 짓밟았노라.
소림을 멸문시키고 대정(大正)의 뿌리를 멸종시켰노라.
강호는 이런 나를 잔인하다고 말하지 말라.
참된 용사는 마인으로 배척되고
위정자가 영웅이 되는 세상이라면,
나는 아귀의 심정으로 칼을 들어 이 세상을 열 번도 더 파멸시키겠노라.

아비의 혼을 가슴에 품고 무너진 마도의 뜻을 바로 세우기 위해
훗날 위대한 마도의 종사가 될 무인이 일어선다!

마도종사 능비, 그의 전설에 주목하라!

유행이 아닌 자유추구 -
WWW.chungeoram.com
Book Publishing CHUNGEORAM